DENISE BOMBARDIER

Plus folles que ça tu meurs !

ROMAN

J'AI LU

Plus folles que ça tu meurs !

DU MÊME AUTEUR

Une enfance à l'eau bénite, Seuil, 1985.

Le Mal de l'âme, Robert Laffont, 1988 ; Le Livre de Poche, 1991.

Tremblement de cœur, Seuil, 1990.

La Déroute des sexes, Seuil, 1993.

Nos hommes, Seuil, 1995.

Aimez-moi les uns les autres, Seuil, 1999.

Lettre ouverte aux Français qui se croient le nombril du monde, Albin Michel, 2000.

Ouf !, Albin Michel, 2002 ; Le Livre de Poche, 2004.

Et quoi encore !, Albin Michel, 2004 ; Le Livre de Poche, 2006.

Propos d'une moraliste, VLB Éditeur, 2005.

Sans complaisance, VLB Éditeur, 2005.

Edna, Irma et Gloria, Albin Michel, 2007 ; Le Livre de Poche, 2009.

Nos chères amies..., Albin Michel, 2008.

Au risque de déplaire, VLB Éditeur, 2008.

L'Énigmatique Céline Dion : essai, XO, 2009.

Ne vous taisez plus !, Fayard, 2011.

L'Anglais, Robert Laffont, 2012.

Vieillir avec grâce, Éditions de l'Homme, 2013.

Dictionnaire amoureux du Québec, Plon, 2014.

Jackpot : plaisirs et misères du jeu, Fayard, 2016.

À mon amie Lise R.
ma complice dans le rire.

Chapitre premier

Je m'ennuie. Je crois même que c'est le sentiment permanent de ma vie. Je suis une forcenée du travail qui carbure à l'ennui. Et, contrairement à la plupart de mes amies en couple ou seules, je l'admets. Quand elles me suggèrent de me reposer, je deviens enragée !

Marie – que je connais depuis le premier de mes trois mariages, et qui se définit comme monoparentale pour faire plus tendance, plus responsable et surtout moins femme abandonnée par son ex, qui s'est spécialisé dans les jeunettes sportives avec lesquelles il pédale sur des centaines de kilomètres et qu'il honore l'équivalent de deux heures par semaine grâce aux pilules bleues et à la stimulation de films pornos enregistrés dans son ordi –, Marie, donc, passe plusieurs heures par semaine couchée sur une table de massage à se faire raffermir les chairs faute d'hommes pour les faire frémir.

Moi, quand je m'ennuie, je m'active. J'accumule (en facturant) soixante, soixante-dix heures de travail par semaine à longueur d'année auxquelles s'ajoutent deux cours en droit du travail et de la famille à la faculté. Je suis une avocate performante, redoutée de mes collègues à la mâlitude affaiblie par trop d'années d'excès divers ; bref, je suis une femme occupée, hyperactive mais qui tremble dès qu'elle a vingt minutes de battement entre deux rendez-vous.

J'ai chargé un nouveau réseau de contacts sur mon iPhone, une nécessité quand on vit seule, en quinquagénaire sur le point de franchir le cap de la soixantaine, l'étape maudite de la retraite. J'ai des amies dans la magistrature qui, à soixante-cinq ans, sont descendues du banc pour s'allonger sur les transats en classe vermeil des navires de croisière qui sillonnent les mers de la planète, mais pourrais-je jamais faire cela ?

Jeanne Taillefer, entre autres, avec qui j'ai étudié au collège, que j'avais perdue de vue et que j'ai retrouvée à la Cour il y a vingt ans, s'est transformée en veuve maritime. Elle passe six mois à croisiérer, des Caraïbes à l'Antarctique et du Canada à la mer de Chine. Six mois « seulement », soit le maximum de jours possibles à l'étranger sans risquer de perdre la couverture de l'assurance maladie du Québec, viatique de ses vieux jours ! Sans cette contrainte, à coup sûr elle vivrait à longueur d'année dans une cabine du pont supérieur de ces immeubles flottants puisque Jeanne adore les buffets tout compris et les rencontres inattendues et éphémères. « C'est pratique et excitant, m'a-t-elle dit il y a un mois entre une arrivée et un nouveau départ. Tu noues des relations de presque amitié mais tu les quittes avant que tes compagnons aient eu le temps de découvrir tes défauts et tes radotages ! »

Marie, elle, croit avoir rencontré un candidat potentiel pour une affaire « intense ». La connaissant, je sais d'avance qu'elle est plongée dans une mouise sentimentale qui va la précipiter vers une vallée de larmes. Elle se la joue prédatrice affranchie mais chaque nouvelle rencontre avec un homme soulève en elle des exaltations qui me désespèrent. Comment cette battante qui gagne ses causes jusqu'en Cour suprême, qui hérite de mandats prestigieux, lucratifs, médiatisés, suscitant l'envie de ses consœurs et confrères, peut-elle se leurrer à ce point sur ses émotions dès qu'elle croise des mâles flattés de passer la soirée voire la nuit avec une avocate célèbre ? Sa dernière déception a quarante-six ans, garçon à la recherche de son moi et d'un travail plus gratifiant que celui d'assistant de l'assistant directeur d'une agence de publicité en décroissance ! Du pourri d'avance.

« J'ai craqué pour ses yeux tristes et sa façon d'engloutir la nourriture, m'a-t-elle confié. Ça m'a, à la fois, touchée et excitée. Mais j'avais mal décrypté son regard car, hélas, j'avais oublié mes lunettes dans la voiture ! C'est après avoir couché avec lui que j'ai découvert qu'il n'était pas triste mais sans aspérité, et qu'au contraire son sexe, lui, était triste au possible.

— Alors explique-moi pourquoi tu le pleures et tu souhaites le revoir ? lui ai-je demandé.

— Pour lui donner une chance de se reprendre, qu'elle m'a répondu le plus sérieusement du monde.

— Mais tu as dix-neuf ans de plus que lui et c'est un garçon à la dérive...

— Oui mais au moins lui ne risque pas d'être en fauteuil roulant bientôt puisqu'il s'entraîne trois fois par semaine.

— Mais son pénis ?

— Je trouverai bien une façon de le faire sourire, a-t-elle rétorqué sans oser me regarder.

— T'es folle ou tu vieillis, ma pauvre, lui ai-je lancé, découragée.

— Tu tombes pile : les deux m'affligent », a-t-elle conclu.

*

* *

Ce soir, c'est à mon tour de recevoir les copines à dîner. J'avoue qu'à soixante ans parler de « copines » fait plutôt pathétique, mais les qualifier de « vieilles » amies ne leur plairait guère, la majorité d'entre elles se ruinant pour « réparer des ans l'irréparable outrage » en courant chez les docteurs préférés de notre génération, les spécialistes de la médecine esthétique. De leurs cabinets, on ressort non seulement plus lisses, plus remontées ou plus tirées mais surtout plus rassurées : malgré nos dates de naissance inchangées, nous sommes momentanément rajeunies. Il ne faut pas chercher pourquoi tant de femmes retournent vers ces prestidigitateurs dès qu'un coup de cafard et un miroir grossissant leur font découvrir de nouvelles rides, ridules et taches brunes. Parfois, il s'écoule à peine trois semaines après une intervention, et alors ! Personnellement, depuis plusieurs années, je fuis les miroirs. J'ai même une technique pour m'appliquer du rouge à lèvres : suivre à tâtons, avec l'index, le contour de ma bouche, sachant d'expérience que le miroir minuscule d'un étui à mascara révèle comme une loupe d'ophtalmologiste des ridules au-dessus de la lèvre supérieure dignes du lit asséché d'une rivière de montagne. Le doigt, lui, sent tout !

Mes amies, je les aime, mais les recevoir devient compliqué. Car quelques-unes se sont converties depuis la ménopause au végétarisme, cette nouvelle religion de l'allégé. Allez pourtant savoir le lien entre la carotte, la betterave jaune et la chute hormonale. Y a les adeptes des régimes sans gluten, sans sucre, sans sel, sans beurre, sans gras trans, les mangeuses exclusives de semoule, de quinoa et de l'horrible feuille de kale. Y a celles qui comptent leurs calories ou qui n'avalent que des marques étrangères de yaourt 0 %. J'ai aussi une amie anorexique, excellente cuisinière par ailleurs, qui exige que je dépose dans son assiette la carcasse entière du poulet ou les os décharnés de la côte de bœuf. Seuls les têtes de poisson ou le corps du homard trouvent grâce à ses yeux. Elle les suce, s'en délecte, ne prend pas un gramme et croit rajeunir. Plus personne d'ailleurs ne réagit à ses toquades alimentaires. Il est vrai qu'elle est, par ailleurs, une femme épatante prête à secourir quiconque est dans le malheur !

D'autres prétendent manquer d'appétit mais s'enfilent coupes de champagne, ballons de pinot noir ou vodka on the rocks avant de passer à table puis picorent dans leur assiette. Celles-là aussi sont minces, mais leurs visages sont mauditement gonflés et sans leur gaine Spanx créée par l'Américaine Sara Blakely (devenue milliardaire en deux ans grâce à ses dessous révolutionnaires), leurs ventres compressés trahiraient l'apparence d'un début de grossesse. L'alcool est un coupe-faim certes, mais ses calories circulent dans le corps et, avec l'âge, ont tendance à stationner dans le bas-ventre. Les armures en Spandex, nylon et élasthanne de Sara – qui nous ruinent – sont devenues notre arme à toutes car elles estompent savamment nos rondeurs... En tout cas jusqu'au moment où l'on doit se dénuder devant un nouvel amant ! D'où l'anxiété des sexagénaires à faire l'amour avec un inconnu ! Dans ce cas, une femme a intérêt à être athlétique et à adopter des positions qui camouflent ses débordements de chair.

J'en connais qui préfèrent refuser ce moment délicat et ne font l'amour qu'avec leurs ex ; c'est moins stressant et, au final, plus confortable. Comme quoi, le recyclage amoureux possède des avantages indiscutables.

Ce soir, Pauline arrivera comme à son habitude la première, elle qui s'est spécialisée dans le bouleversement des plans de table. Son humeur changeante influence d'ailleurs les jugements spontanés qu'elle porte sur les invitées. Je sais que la présence de Claudine l'indispose depuis que cette dernière a eu l'outrecuidance d'accepter l'invitation d'un vieux ténébreux violoniste à l'Orchestre symphonique de Montréal, lequel bellâtre sexa avait largué Pauline après trois rendez-vous galants. Et ce parce qu'il l'avait démasquée. Elle lui avait laissé croire qu'elle était mélomane jusqu'au moment où elle avait affirmé que Béla Bartók était *sa* pianiste préférée. Il avait souri, lui avait tapoté la main avant d'enchaîner : « Et si vous me parliez plutôt de vous. » Ce soir-là, après l'avoir raccompagnée chez elle, il lui avait assuré que Mozart, Schubert et Saint-Saëns, contrairement à Béla, étaient des hommes. N'ayant pas compris sa remarque, en rentrant elle s'était précipitée sur Google. Béla lui était alors apparu dans toute sa beauté.

En me racontant l'anecdote, elle enrageait. « C'est un mufle, criait-elle dans le combiné. — Tu te sens mal, je le comprends, mais pourquoi as-tu parlé de Bartók puisque tu ne le connaissais pas ? » lui ai-je dit. « Je n'voulais pas qu'il découvre que je ne connais rien en musique classique. J'ai appris ma leçon, t'en fais pas. Les artistes, c'est pas pour moi. En fait, ce monde-là me donne des complexes. »

Claudine, elle, se partage entre plusieurs amants qui… croient tous à sa fidélité.

À cinquante-sept ans, sa beauté est un mélange de charme irrésistible, d'assurance joyeuse, de maturité assumée et d'humour adapté à la capacité de dérision du prétendant. Minaudeuse version féministe, elle est du genre à jouer la peureuse pour s'accrocher au bras de celui dont elle désire le corps. Professeur de littérature comparée, elle se revendique, dans sa vie amoureuse, de George Sand, son idole. Cela explique qu'elle ne dédaigne ni les hommes plus jeunes, avec un faible pour les travailleurs manuels, ni les artistes de tous âges à condition qu'ils soient professionnellement sur le déclin. Car Claudine est une compétitive tendance contrôlante. Mais la beauté de son visage, retouché bien sûr, ainsi que son ventre plat, résultat de quelques chirurgies, aveuglent les prétendants qui défilent dans sa vie sans jamais imaginer la dureté enkystée en elle, cachée sous son charme.

Les femmes l'envient, la jalousent mais ne résistent pas au plaisir que procure son amitié. Car Claudine est généreuse : elle donne de son temps, de sa personne et possède le don de trouver des cadeaux surprenants. La dernière fois que je l'ai invitée, elle m'a apporté un pot de langues de porc dans le vinaigre dont elle sait que je raffole, et que l'on trouve difficilement dans les épiceries. Elle a déjà offert une perruche à une tante inconsolable de la mort de son mari et une expérience en parapente à un amant qui l'avait fait monter au septième ciel et qui, lui, avait émis le vœu de voler un jour au-dessus des collines !

*

* *

Ce soir, je présenterai à mes amies ma dernière découverte : Leila Khoury. Une Libanaise sans peur et à peu près sans reproche qui a immigré à Montréal voilà vingt ans. Elle sera la seule d'entre nous à porter une croix autour du cou, ce qui fera sans doute tiquer les militantes laïques, Québécoises de souche encore traumatisées par leur éducation catholique bornée. Anticléricales jusqu'à la moelle, toutes ont plongé tête baissée dans le combat pour la laïcité, adoptant du coup l'intolérance contre laquelle elles s'étaient tant révoltées. Leila s'affiche, elle, sans complexe – ni prosélytisme – avec ses croix en diamant, or et émeraude et ne semble aucunement se formaliser des réactions d'ahurissement, voire d'irritation, de celles et ceux qui persistent à confondre une petite croix avec la burqa. Elle pourra donc contribuer à déniaiser certaines de mes amies, adeptes d'un athéisme qui les situe au-dessus des pauvres d'esprit atteints de la tare de croire en un Dieu dont elles souhaiteraient, si d'aventure il existe, qu'il soit une femme.

Leila, malgré les apparences, n'a rien à envier à la force des Québécoises. À la manière de mes amies françaises, elle joue l'enjôleuse, se montre respectueuse de la parole mâle mais cette soumission à un homme – son homme ? – est plus stratégique que psychologique.

Claudine, Marie et les autres vont découvrir avec elle chaussure à leur pied, car Leila, contrairement à nous toutes, est née dans la méfiance des hommes. Cette femme d'affaires redoutable cultive une fragilité de façade qui trouvera à coup sûr une nouvelle admiratrice en la personne de Claudine, la seule à porter un regard glacial sur le mâle qu'elle s'apprête à conquérir.

Chapitre 2

C'était à prévoir, Pauline est entrée dans l'appartement en m'apostrophant : « Je suis venue mais j'ai pas envie d'être ici », a-t-elle lancé en traversant le salon, caracolant comme chaque fois qu'elle s'entête à porter des Manolo Blahnik aux talons aiguilles de six centimètres. Une fois dans la salle à manger, elle a fait le tour de la table et s'est mise à déplacer les cartons pourtant studieusement disposés afin de plaire à chacune de mes invitées. D'office, elle a déposé le sien à ma droite, alors que j'avais choisi d'y asseoir Claudine, du coup déménagée à l'autre extrémité de la table.

« C'est ça ou je me tire, a-t-elle dit en voyant ma mine agacée. (Et d'ajouter :) Tu sais que ta Claudine, je la tolère mais j'peux pas la blairer. C'est pas comme toi que j'aime tant. »

Et là elle a entouré mes épaules de ses bras musclés grâce à un entraînement quotidien.

Je l'ai repoussée, mi-fâchée, mi-amusée, tant, au fond de moi, je m'inquiète de ses variations d'humeur de plus en plus fréquentes au fil des mois. Pauline vit désormais séparée de son mari, qui passait il est vrai plus de temps dans les avions qu'avec elle. Un de ces hommes d'affaires à la mondialisation voyageuse qui trompent leur femme devant Internet, calés dans leur lit d'hôtel cinq étoiles ou, en automne, chassent l'orignal avec des guides féminines habituées à manier les armes et débusquer les faiblesses des guerriers dont elles deviennent vite le repos, voire le repas une fois la bête lumineuse abattue et dépecée.

Après avoir pris le contrôle du plan de table, Pauline a retrouvé sa bonne humeur et a bu d'un trait deux coupes de champagne Veuve Clicquot, veuve que nous risquons de devenir puisque la plupart d'entre nous enterrent leurs conjoints si on en croit les statistiques...

*

* *

La soirée s'est déroulée sans trop d'anicroches, à l'exception des interventions de Marie qui, sans égard pour Leila Khoury, ne cessait de ramener la conversation sur les pratiques sexuelles de l'homme québécois. Leila a certes vu de l'eau couler sous les ponts mais elle demeure toujours étonnée face à l'ouverture d'esprit sans filtre de certaines personnes et à la parole crue et sans retenue des femmes de son pays d'adoption.

Marie avait en fait décidé de transformer le dîner en comité d'expertes sur la vie sexuelle des compagnons de fortune et d'infortune. Et s'est aventurée sur le cas des hommes de nos âges qui rencontreraient tous, selon elle, les mêmes problèmes de nature… érectile. « Que pensez-vous de mon dernier dossier ? » a-t-elle lancé à la cantonade. Leila, qui se croyait consultée sur un cas de droit des affaires, s'est vite rendu compte que Marie affublait de l'étiquette « dossier » les hommes qui défilent dans sa vie. À l'en croire, son dernier, rencontré voici à peine un mois, est ce qu'elle appelle un impotent psychologique. « Il a peur de ne pas durcir, donc il n'est que mou. Avez-vous des conseils à me refiler ? » a-t-elle lancé à la tablée. Claudine a saisi l'occasion pour lui expliquer que rien n'est plus perdu d'avance que la remise en forme d'un sexagénaire angoissé passant plus de temps à uriner qu'à éjaculer. Leila, que j'observais à la dérobée, a accusé le coup devant la crudité des propos, aussi dubitative que… curieuse. Depuis le temps qu'elle vit parmi nous, elle peine encore à s'habituer à nos manières à vrai dire inexportables.

J'ai donc dû intervenir pour ramener la conversation vers des sujets moins intimes. Hélas ! Marie, déjà excitée par l'alcool, n'en démordait pas. J'ai lancé un regard à Jeanne, cette amie toujours prête à reprendre du service en tant que juge, laquelle est parvenue à entraîner Marie dans la pièce de séjour.

Nous avons ensuite terminé le repas sans beaucoup d'enthousiasme et chacune a prétexté la fatigue ou un rendez-vous aux aurores pour partir. Personne n'a osé aller saluer Marie, qui désormais pleurait comme une Madeleine et que Jeanne tentait de consoler. Sans succès. J'ai à mon tour essayé de prendre le relais, mais mon ton trahissait ma colère. Marie, ravalant ses larmes, est alors devenue hystérique à un point tel que j'ai cru qu'elle allait me sauter à la figure. Elle a arraché littéralement son manteau de la penderie et failli tomber à la renverse avant de claquer la porte en hurlant : « J'en peux plus de votre bande de frustrées, d'hypocrites et de rabat-joie. »

Dans le corridor, ses cris ont résonné jusqu'au moment où elle s'est engouffrée dans l'ascenseur.

*

* *

Jeanne et moi, perturbées, avons en vain tenté d'analyser la soirée tout en dégustant à petites lampées une tisane à la camomille. Le calme après la tempête.

« Je croise de plus en plus de femmes comme Marie. C'est l'âge, tu crois ? » m'a d'un coup demandé Jeanne. Et d'ajouter : « J'ai été incapable de lui faire dire ce qui la perturbe autant. Impossible de comprendre les motifs de sa crise.

— Marie est obsédée par le temps qui passe, ai-je dit. Elle refuse d'avouer son âge. Même à moi qui sais qu'elle a cinquante-huit ans, elle prétend en avoir juste cinquante-deux. Savais-tu qu'elle se rend en Hongrie chaque année dans un de ces instituts bidon et hors de prix promettant de rajeunir les organes ? Le pire, c'est qu'elle a confiance dans ces commerces miracles. »

J'ai failli ajouter : « C'est comme toi qui penses rajeunir grâce aux croisières » mais je me suis retenue, ayant intérêt à éviter de provoquer ces amies qui me paraissent bien plus imprévisibles avec le temps. Jeanne est gentille mais qui me dit qu'elle ne disjonctera pas un jour à son tour ? Ça lui est d'ailleurs arrivé pendant un procès un an avant sa retraite.

À partir de cinquante-cinq ans, je note en tout cas une tendance commune à moins filtrer nos propos. Et chez les plus âgées d'entre nous, c'est encore pire ! Mes chères consœurs sont nombreuses à abandonner toute pudeur. À la fin de sa vie, ma belle-mère, par exemple, m'a choisie comme confidente et j'ai eu droit aux descriptions en long et en large d'aventures sexuelles extraconjugales – comme elle disait en souriant – que je n'aurais jamais imaginées et dont je me serais passée. À mon corps défendant, mais par affection pour elle, j'ai passé des moments à la limite du tolérable à l'écouter décrire ses fantaisies au lit, dont une attirance marquée pour le bondage, pratique courante aujourd'hui chez les jeunes ayant recours à la pornographie sur Internet pour s'initier aux joies de la galipette. Si bien que, d'une certaine manière, lorsque belle-maman a plongé dans l'Alzheimer, j'avoue avoir éprouvé un certain... soulagement. Elle avait oublié sa vie amoureuse et ne retenait plus que de vagues épisodes de son enfance !

Parfois, je m'inquiète en songeant à Marie, trop excessive et incontrôlable. Se pourrait-il qu'elle couve les symptômes de la maladie qui nous terrorise toutes, surtout celles dont les antécédents familiaux n'ont rien de réjouissant – ce qui, Dieu merci, n'est pas mon cas ?

*

* *

J'ai mis longtemps à m'endormir hier soir.

Depuis que j'ai rompu avec Antoine – une histoire en dents de scie de douze ans qui m'a laissée épuisée –, je suis dépendante de mes amies et les reçois sans compter. J'aime ces soirées « entre filles », expression qui correspond davantage à cette autre partie de la femme demeurée intacte en nous toutes et qui nous fait revenir au temps de la légèreté et de l'insouciance de nos jeunes années. « Entre filles » suppose une volonté de prendre congé de la femme que nous sommes devenues, ce qui inclut l'ensemble de ces satanées tâches qui nous transforment en superwomen ambitieuses, efficaces, professionnelles. « Entre filles », on a congé de maturité et on oublie d'être la compagne d'un homme par amour, devoir ou routine. « Entre filles », on n'est ni mariées, ni sérieuses, ni compétitives. Le plaisir de nous retrouver ensemble nous rend momentanément amnésiques, donc libres de nos contraintes.

Mais, ce soir, le comportement erratique de Marie a brisé les règles de ce jeu qui nous transforme en adolescentes heureuses.

*

* *

Éléonore, ma fille, me reproche constamment de me laisser gagner, voire emporter par ce type de régression volontaire. Il faut dire que, depuis qu'elle a douze ans, sa liste de récriminations à mon égard ne cesse de s'allonger. Je pensais que ses études en psychologie lui auraient permis de noter et tempérer ce comportement hostile mais hélas, à aujourd'hui trente-cinq ans, bien que psychologue patentée, elle persiste et signe. Encore la semaine dernière, elle m'a accusée de lui avoir choisi un prénom qui l'a marginalisée durant son enfance. « Tu aurais voulu que je te prénomme Nancy, Nuage ou Fleurette ? ai-je dit. – Eh ben oui, a-t-elle répondu. Je n'suis pas comme toi, je cherche pas à être le centre de l'attention ! » Merci pour la tape sur la gueule.

En fait, elle déifie son père « plus que parfait », en oubliant qu'il a pris congé de nous lorsqu'elle avait dix ans, pour folâtrer avec une *bonnie lassie* écossaise rencontrée à Glasgow lors d'un voyage d'affaires et ramenée dans ses bagages. Les premières années de cette lune de miel qui a duré six ans, Éléonore recevait une invitation à visiter son père et sa nouvelle flamme seulement tous les deux mois. À l'époque, traumatisée, elle ne voulait plus dormir dans sa chambre et venait me retrouver, toutes les nuits, dans mon lit tout neuf, le premier achat que j'ai fait, malgré la douleur de cette séparation, après m'être débarrassée de la couche matrimoniale, matelas gorgé de souvenirs qui a fait le bonheur d'un centre pour femmes battues en manque de mobilier. Ma fille et moi avons donc dormi en ciseau, collées l'une à l'autre, éclopées de l'amour à cause d'un homme qui vivait sa passion sans regarder une seconde dans le rétroviseur. Et cela, elle l'a oublié. Pis encore, lorsque Éléonore voulut voler de ses propres ailes, quelques années plus tard, elle m'a laissée en plan, est allée retrouver sa chambre qu'elle transforma en antre, s'y enfermant seule ou avec des amis et m'interdisant d'y mettre les pieds. Elle ne consentait à ouvrir sa porte qu'à la femme de ménage, et encore, une fois par mois ! L'ingratitude de certaines filles semble sans fond.

C'est à cette période qu'elle se réinventa un père riche de multiples qualités tandis que moi je devenais l'objet de ses accablements. J'avais tout faux à ses yeux. Mon énergie l'écrasait, ma réussite professionnelle l'empêchait d'exister par elle-même et, en y réfléchissant bien, elle en concluait que son père avait été victime de ma personnalité manipulatrice. Elle répétait constamment :

« Tu te crois généreuse avec moi mais l'argent que tu consens à me donner est simplement l'expression de ta culpabilité inavouée. »

Ma fille ne m'a rien épargné, m'a blessée au quotidien mais m'a surtout éclairée sur elle-même. Éléonore a hérité de mon tempérament en vérité : son outrance fait plaisir à voir et le jour où elle sortira de son délire anti-maternel, d'un coup les obstacles que la vie construit sur sa route disparaîtront. Hélas ! si notre relation (toujours distancée) est moins frontale, Éléonore ma chérie, mon amour, demeure encore incapable d'humour. « Tu te penses drôle, je peux pas le croire », est sa phrase préférée lorsqu'elle se trouve en panne d'arguments contre moi.

Sa vie ? Elle se déroule avec Léo, un anthropologue insouciant, joyeux, passionné par la culture des Mélanésiens des îles Trobriand mais qui a un sérieux problème compte tenu de sa formation : une phobie de l'avion qui remonte à ses vingt ans, quand le Cessna dans lequel il revenait de la chasse au nord du Québec s'est écrasé. Il a survécu grâce aux deux mètres de neige tombés les jours précédant le crash, épais coussin qui a absorbé en partie le choc. Ne pouvant se déplacer, il se contente donc de lire sur ces primitifs. Notamment les travaux de Bronislaw Malinowski, grand anthropologue et ethnologue dont le chéri d'Éléonore connaît l'œuvre complète, en particulier la vie sexuelle caractérisée par une grande liberté. Du coup, je me tracasse. Car comme les Trobriandais considèrent que les enfants appartiennent au clan de leur mère tout en étant placés sous l'autorité de l'oncle maternel et qu'Éléonore et Léo me préparent (j'en rêve !) un bébé – ma fille, malgré son âge, en désire trois –, j'espère que le culte de Léo pour les habitants de l'archipel de l'océan Pacifique ne lui servira surtout pas d'inspiration. Je rêve d'être grand-mère, certes, mais, contrairement à la croyance de ces indigènes qui ne considèrent pas le père comme le géniteur, j'espère que Léo va retrouver le sens commun et assumer sa paternité ! Je ne m'imagine guère matriarche en chef d'une garderie permanente où, de plus, mon frère aîné, l'oncle, viendrait faire la loi !

Depuis que ma fille vit avec un conjoint refusant les transports, que par ailleurs elle ne souhaite aucunement épouser, fidèle en cela aux femmes de sa génération, elle se prive de voyager. Sauf parfois en voiture, voire en train. Comment peut-elle accepter de limiter une passion qui l'a portée autrefois à parcourir l'Europe durant six mois avant de tomber amoureuse de ce charmant mais handicapé garçon ? Je souhaite de tout cœur que l'arrivée d'un bébé décoince ce mari casanier et qu'elle réussisse à le convaincre de consulter un psy afin qu'il puisse voler de nouveau, ce qui nous permettra au moins de passer Noël en famille en Floride où j'atterris l'hiver dès que le thermomètre descend sous les moins vingt. Ayant beaucoup donné dans la froidure du Nord, je ne trouve plus aucune vertu au fait de me geler jusqu'aux poils – là où j'en ai encore, puisque j'ai adopté l'épilation bikini depuis des lunes !

*

* *

Par texto, Marie, en fin de journée, s'est excusée d'avoir « perdu le sens de la mesure » hier soir. Or l'idée même d'avoir à lui répondre m'accable. Comment lui faire prendre conscience de cette grossièreté nouvelle qui l'entraîne à franchir les limites devant des personnes qui lui sont étrangères ? « Ta Leila des *Mille et Une Nuits* en a entendu des plus corsées, j'imagine, que mes petites niaiseries sur les queues masculines », a-t-elle écrit. Comme je n'ai pas répondu, une demi-heure plus tard elle m'a téléphoné mais j'ai mis le portable en mode vibration, les seules que je connaisse depuis quelques mois.

Pour tout avouer, parfois, je rêve de rencontrer un homme dans ma situation. Un dingue du travail, drôle, capable de faire sauter des plages horaires inscrites à l'agenda pour flâner avec une connaissance, moi en l'occurrence, qu'il croiserait dans la rue. Une liberté, une fantaisie auxquelles je ne parviens pas moi-même à me résoudre. La majorité des hommes libres de mon carnet d'adresses m'ennuient. Le dernier avec lequel j'ai dîné a même eu sur moi un effet totalement soporifique.

Imaginez : nous étions au restaurant et je n'arrêtais pas de bâiller. Consciente du problème, il m'a fallu inventer un prétendu syndrome du hibou pour justifier les décrochements de mâchoire qui s'enchaînaient comme un hoquet.

« Je n'ai jamais entendu parler de ce syndrome, s'est étonné mon compagnon d'un soir.

— Un grand spécialiste me l'a diagnostiqué mais, hélas, ça ne se soigne pas. »

Il a hoché la tête, l'air décontenancé, genre : « Ma pauvre, c'est un obstacle majeur à ce que nous poursuivions cette relation. » Puis il a déclaré :

« C'est étonnant, vous semblez en si bonne forme. Je connaissais la maladie du hoquet, le pape Pie XII en fut victime mais votre syndrome du hibou m'interpelle. Je regarderai sur Internet en rentrant chez moi.

— Le spécialiste a assuré que la littérature médicale était très limitée sur le sujet. Il est l'un des seuls au monde à le connaître, me suis-je empressée de préciser.

— Étrange, étrange », a conclu le chevalier servant barbant tout en faisant un signe au serveur pour qu'il apporte l'addition.

Lorsque cette dernière fut déposée sur la table, il a mis sa carte de crédit en déclarant :

« On partage, ce sera plus simple.

— Il n'en est pas question, je vous invite », ai-je rétorqué en me retenant de l'engueuler.

Alors il a immédiatement retiré sa carte et ajouté :

« La prochaine fois, ce sera mon tour. »

Telle est la vie aventureuse des jeunes sexagénaires hyperactives et autonomes en 2017, ai-je pensé. Non sans tristesse lorsque je me suis retrouvée seule sur le trottoir afin de héler un taxi puisque en vue de cet imprévisible dîner j'avais laissé ma voiture dans le garage du bureau au cas où. Comment aurais-je pu imaginer tomber à la fois sur un somnifère, un radin et un mufle !

Chapitre 3

Le téléphone et le portable ont sonné avec à peine une seconde d'écart. Marie, pour être certaine de me joindre, appelait sur mes deux numéros simultanément. J'ai décroché la ligne fixe.

« Qu'est-ce qui te prend ? Y a encore un drame ? ai-je lancé en soupirant.

— J'ai une nouvelle qui va te rendre jalouse mais, puisque tu soupires, je raccroche », a-t-elle grincé, sans mettre à exécution sa menace.

Voyant qu'elle voulait faire durer le plaisir de me narguer, c'est moi qui ai raccroché. Dans la seconde qui a suivi, elle a rappelé.

« Écoute, Marie, ai-je râlé avant même d'entendre sa voix – avec le risque que ce soit quelqu'un d'autre –, toi et moi nous facturons nos clients sept cents dollars de l'heure. Donc, tu devrais comprendre que mon temps est précieux. Je suis dans le jus d'un dossier “barbant”.

— Je vais en Corée du Nord. J'ai réussi à avoir un visa en passant par une agence chinoise grâce à un associé de mon bureau.

— Mais qu'est-ce qui te prend d'aller te jeter dans les bras de Kim Jong-un ? T'as la nostalgie des camps de concentration, pour te rendre dans ce pays prison rempli d'habitants lobotomisés et robotisés sous la gouverne de ce type à la coupe ridicule, aussi gros que gras ? T'as pas remarqué qu'il a le regard vide d'un oursin évidé ?

— J'ai toujours été plus aventureuse que toi, chère, et j'ai besoin de sensations fortes. L'idée d'y mettre les pieds m'excite.

— On en reparlera », ai-je rétorqué avec brusquerie, seule manière efficace de l'interrompre lorsqu'elle retrouve une hyperactivité non médicamenteusement contrôlée.

Marie ne sait plus à quel saint se vouer, à l'évidence. En dehors des causes qui l'absorbent et par lesquelles elle retrouve une capacité de concentration et une énergie professionnelle qui renversent ses collègues, en particulier les plus jeunes, mon amie dérive chaque jour un peu plus. Quelle idée de partir pour la Corée du Nord alors qu'elle souffre de tachycardie dès qu'elle se rend à New York, en Floride ou en France, endroits sûrs, familiers et aimés ! Dès qu'elle a rendez-vous à dîner avec un hypothétique prétendant, elle palpite ! Je la soupçonne en fait de vouloir nous damer le pion. Comme Marie appartient à cette catégorie de snobs obsédées d'être perçues comme avant-gardistes en surfant sur les modes et les tendances, je mettrais ma main au feu qu'elle a croisé quelqu'un qui l'a impressionnée par sa position sociale et lui a suggéré de visiter la Corée du Nord avant que cela devienne à la portée de n'importe qui. Il y a trente ans, ne m'avait-elle pas confié, tout excitée, avoir déniché un hôtel « extrêmement sélect » dans un petit village inconnu des touristes, le village en question étant les Baux-de-Provence et l'hôtel L'Oustau de Baumanière que chaque passionné du Midi connaît ? J'avais bien ri d'elle à l'époque, mais sa ferveur devant ce qu'elle croyait être une découverte quasi secrète et personnelle m'avait attendrie.

*

* *

Ce soir, je dîne avec Éléonore à sa demande. Que peut-elle bien vouloir me dire ? C'est peut-être pour m'annoncer qu'elle est enceinte. Ma fille a insisté pour que nous soyons seules.

« Me fais pas le coup d'inviter une de tes amies à la dernière minute », a-t-elle prévenu.

Il est vrai que cela m'arrive. D'ailleurs, avant chacune de nos rencontres, des sentiments contradictoires me submergent en pensant à notre futur tête-à-tête. Pour tout dire, Éléonore m'intimide. Je n'ai peur de rien mais ma fille réussit à me plonger dans des malaises dont je n'arrive pas à cerner les contours. Avant ces rendez-vous face à face, rares ces dernières années, c'est toujours pareil : j'ai d'avance hâte d'atteindre la fin du repas !

Éléonore me déstabilise et m'inquiète à la fois. Avec elle, je ne sais jamais à quoi m'attendre, moi l'intuitive avérée. N'est-elle pas capable de me faire des compliments du genre :

« T'as vraiment l'air jeune aujourd'hui. C'est dommage parce que lorsque t'es stressée on te donne facilement quinze ans de plus. »

Le pire, pour moi, est de l'imaginer devant des patientes de mon âge. À coup sûr, avec elles, elle déborde de compréhension et ces dernières doivent rêver d'avoir une fille aussi parfaite.

Comme j'avais choisi un restaurant que ma fille aimait plus jeune, la militante de la simplicité volontaire qu'elle est devenue a évidemment protesté.

« C'est trop cher et leur clientèle "m'as-tu-vu" me tombe sur les nerfs, m'a-t-elle texté.

— Choisis-en un autre.

— J'ai pas le temps, laisse tomber. Ça ira mais tu le sauras pour la prochaine fois. »

Et elle a ajouté dans son SMS l'émoticon de la mauvaise humeur. Ça s'annonçait bien.

Elle est arrivée comme une tornade avec quarante-cinq minutes de retard. En s'excusant à peine, vague reste de la bonne éducation que j'ai tenté de lui transmettre. Je me suis tue. À vrai dire, Éléonore est décidément la seule personne au monde qui me désarçonne quand bon lui semble. J'ai respiré par le nez, à petits coups pour ne pas trahir ma colère puisqu'elle ne cesse de me scruter à la manière du biologiste fixant un virus à travers le microscope dès qu'elle me voit. Usant de la gentillesse préfabriquée qui me sert devant mes adversaires en contre-interrogatoire, j'ai affiché mon sourire le plus maternel et, d'une voix volontairement basse et lente, j'ai brisé la glace : « Tout va bien ma petite chouette ? » Sans attendre la réponse, dont la teneur me stressait, j'ai aussitôt enchaîné : « Si tu veux me demander quelque chose, c'est oui, mon amour. »

Elle m'a regardée si ahurie que mes anciennes chaleurs de ménopause ont ressurgi instantanément. À la base de mon cou, sous mes seins et enfin derrière mes genoux. « Tu supposes que je veux de l'argent ? Mais t'es vraiment obsédée, ma pôvre. T'es peut-être une grande avocate, peut-être plus intelligente que ton entourage mais quand il s'agit de moi, t'as tout faux. En fait, j'ai plus envie d'être en ta présence. »

J'ai failli ajouter : « Moi de même » mais je la sentais si blessée, je sais tellement qu'Éléonore interprète mes propos pour régler des comptes, se complaît dans l'idée que je suis une sorte de mégère qui peut tout acheter avec l'argent, préfère m'enfermer dans l'image d'une mère sans cœur, sans fibre maternelle, incapable d'écoute et, pire, inconsciente de ce qu'elle est vraiment, que je me suis tue. Un instant.

Ne sachant ensuite quelle attitude adopter, étant incapable de trouver les mots qui l'apaiseraient, affolée à l'idée qu'elle se mette à décrire en détail toutes mes failles et use de sa formation pour me replonger dans la culpabilité que j'ai longtemps peiné à assumer, j'ai choisi la seule voie capable de l'attendrir : éclater en sanglots.

Les pleurs jaillirent sans difficulté, ils affluèrent d'autant plus aisément que la tristesse enfouie en moi depuis l'enfance remonta comme l'eau du ruisseau au printemps. Étant sincèrement peinée et déconcertée, Éléonore, une fois passée la stupéfaction de voir sa mère à sa merci aussi facilement, l'a compris.

« Maman, voyons maman, je ne peux pas supporter que tu pleures comme ça. Je t'ai pas vue dix fois dans cet état dans toute ma vie. »

Comme le barrage qui rompt, je n'arrivais plus à reprendre contenance, les larmes coulaient, glissaient, m'aveuglaient et un hoquet transformait mes mots en spasmes. Éléonore s'est alors mise aussi à pleurer, tout en me tapotant les mains.

« Tout le monde nous regarde maman. Excuse-moi, excuse-moi. Ça peut pas être moi qui te mets dans cette détresse-là. Tu me caches quelque chose. Es-tu malade ? Te sens-tu déprimée ? »

Devant son désarroi, je suis parvenue à me calmer quelque peu. Mais j'étais sans voix, trop bouleversée par ces émotions enfouies surgissant à mon insu.

Peinant à me ressaisir parce que inquiète de ce qu'elle avait à m'annoncer, je ne savais comment meubler le silence qui nous emprisonnait. J'ai repris sa main entre les miennes et plongé mes yeux dans les siens. Je me retrouvais, parce que notre ressemblance est frappante. Mêmes yeux verts, même nez imparfait, même qualité de peau et mêmes fossettes qui se creusent avec l'âge. Hélas pour elle !

« Maman, tu ne peux être ma patiente mais c'est la psychologue qui te parle, pas ta fille. Ce qui vient de se passer m'inquiète au plus haut point. Je voulais simplement te voir pour te faire part d'un désir que je caresse depuis longtemps : j'aimerais qu'on fasse un voyage mère-fille. Je pourrais même m'absenter une semaine. Qu'est-ce que tu en penses ? »

Renversement incroyable. Alors que je suppliais depuis des années Éléonore de m'accompagner à Paris, à Rome, à New York, en Californie, en Floride voire en Inde et qu'elle avait systématiquement refusé mes invitations, incapable, disait-elle, de passer plus que quelques heures avec moi sans que je lui tape sur les nerfs, c'était elle qui me faisait cette proposition aussi incongrue qu'affectueuse.

Sans réfléchir à la désorganisation de travail que ce périple engendrerait, j'ai répondu :

« Oui, oui, mon amour. Quand souhaites-tu partir ?

— Oh, mais pas avant six mois ; il faut être réaliste, je dois réorganiser mes horaires avec les patients », a-t-elle répondu sans réaliser l'énormité du propos. « Elle est folle », n'ai-je pu m'empêcher de penser. Me convoquer pour un projet à long terme ! Elle tient de son père mais en pire. Lui avait besoin de quelques semaines pour se préparer à l'idée d'un voyage, de quitter un lieu insécurisant. Sauf lorsqu'il était parti avec son Écossaise. Au contraire, là, c'était l'idée de vivre avec moi qui l'insécurisait !

Éléonore redevint joyeuse comme je l'avais rarement vue depuis des années. Excitée même à l'idée de choisir le lieu de notre expédition. « On a tout le temps, chérie, ai-je glissé. – Non, maman, le plaisir de décider du pays me stimule autant que le voyage lui-même. C'est curieux comme les nuances psychologiques t'échappent. » Et vlan ! Elle retrouvait sa vraie nature.

Après une heure de discussion, aucune des destinations évoquées ne trouvait totalement grâce à ses yeux. Et puis, soudain, elle s'est levée, a dit : « J'ai un rendez-vous important », et est partie, me laissant en plan, un moment abasourdie. Je n'avais pas osé interrompre notre échange même si je savais que je serais en retard au bureau où attendait un gros client, donc lucratif, incapable d'imaginer un départ si abrupt et précipité. Mais comment ai-je pu porter dans mon ventre durant neuf mois et trois semaines pareil énergumène ? En se faisant attendre trois semaines, déjà, elle avait réussi avant de naître à contrôler ma vie selon ses seuls désirs !

*

* *

Est-ce à cause de cette conversation ? En tout cas, j'ai besoin de prendre congé de mes amies ces temps-ci. Je décline toutes les invitations et vis enfermée chez moi à peine rentrée du bureau. Je n'ai pas envie de me mettre en mode séduction, comme le conseillent les missionnaires de l'amour qui m'entourent et veulent me servir de rabatteuses de mâles en forme, pas vieux et drôles, pas pauvres mais pas trop riches non plus, hommes qui préfèrent jouer avec des dames de leur âge plutôt que de se retrouver en compagnie de plus jeunes avec lesquelles ils ne peuvent relever tous les défis… au point d'en arriver à recourir à la pharmacopée.

Par chance – ou par tempérament –, ma libido est à géométrie variable. Et s'adapte aux circonstances. Mais je me méfie des séducteurs verbaux. Par profession, je décortique les mots, j'en use, j'en abuse et je les subis. En plaidoirie, c'est de bonne guerre, mais dans les jeux amoureux, sans juge extérieur pour trancher en fonction de la loi, les risques de perdre ma cause sont élevés.

Les seuls hommes que je fréquente par pur plaisir, avec lesquels les relations sont à la fois affectueuses, tendres, légères et teintées d'un humour aussi débridé que follement méchant, sont mes amis gays.

Les hommes surtout, les dames aux dames s'avérant plus compliquées, généralement moins légères, plus imprévisibles et souvent sur la défensive. Leur humour peut se retourner d'un coup contre nous, les « dépendantes affectives des mâles », ainsi que nous désigne Estelle, cette chère amie d'enfance ayant tendance à croire que les hétérosexuelles sont toutes des refoulées du désir lesbien. Elle-même, qui n'a pourtant jamais connu bibliquement l'homme, affirme haut et fort que son attrait pour ses compagnes successives est le fruit du hasard. « Je pourrais être attirée par un homme mais les événements fortuits font que ce sont toujours des femmes qui m'attirent », a-t-elle eu un jour l'audace d'expliquer alors que nous étions à la pêche entre copines, au fond des bois et à deux heures de toute civilisation où les seuls mâles qui nous guettaient étaient les ours bruns !

C'est Marie, toujours prête à parler de sexe, qui avait provoqué Estelle. « Arrête de jouer l'hétéro, on sait que t'as jamais couché avec un homme. Toi qui aimes les expériences, tu devrais essayer, avait-elle lancé. – Mais je pourrais pas me faire sodomiser. Ce serait trop pour moi », a rétorqué Estelle. « Sidération » est un mot trop faible pour désigner la réaction commune que nous avons toutes eue. Marie, vive comme l'éclair, première à se ressaisir, s'est alors adressée à moi :

« T'as trouvé ça difficile au début, quand un amant t'a enfilée par-derrière ? » a-t-elle demandé.

J'avoue que je ne possède pas le sens de la repartie de Marie, donc je n'ai produit que des borborygmes en réfrénant un fou rire contagieux vite partagé par le reste de la compagnie. C'est Jeanne, la secourable, qui a pris le relais. « Toi qui as tant d'expérience, penses-tu que la majorité des hommes sont concernés par cette pratique ? a-t-elle demandé à Pauline sur le ton du démographe jonglant avec des statistiques.

— Ça dépend des générations, mais ça n'est pas exagéré de dire que c'est très répandu.

— Moi, a lancé Claudine, l'infidèle consommatrice sexuelle, je crois que le seul défi est de s'habituer. Après on ne fait plus la différence. Et puis le corps s'adapte, finalement.

— Ah bon ! » a bredouillé Estelle, à moitié rassurée et en nous regardant les unes après les autres, l'air de dire « mes pauvres chéries ».

Cette scène, nous en rions encore chaque fois que l'occasion se présente. Marie estime même qu'ayant échappé aux sodomites pour la plupart, nous avons peut-être raté une expérience excitante, voire enrichissante. Mais comme dit Pauline : « Y a des moyens plus agréables de s'enrichir. »

*

* *

À propos de sodomie, je m'ennuie de mon ami Sean. Lorsqu'il disparaît de mon champ de vision quelques semaines, comme c'est le cas actuellement, je sais qu'il a rencontré le « mâle idéal », expression utilisée pour désigner ses partenaires à l'allure virile et aux manières de voyous qui le font mourir pour mieux renaître mais l'abandonnent ensuite, lassés à n'en point douter de ses extravagances de folle du logis !

Sean est un Irlandais catholique qui croit en Dieu et affirme se sentir pleinement catholique uniquement lorsqu'il est en état de péché mortel, autrement dit en permanence si l'on se réfère à la morale de l'Église. Nous avons eu un coup de foudre l'un pour l'autre lors de notre première rencontre, un soir chez des amis communs. Alors nous nous sommes vite isolés des autres invités et, après deux heures, je savais tout de sa vie et lui connaissait à peu près tout de la mienne. Cet écorché vif peut vendre son âme à celui qui l'apaise quelques semaines ou quelques mois.

« Tu es la seule femme de ma vie », me répète-t-il. Et je le crois. De mon côté, j'éprouve à son endroit un sentiment maternel, même si nous avons quasiment le même âge. Je bénéficie de sa douce folie, de ses emportements excessifs et je retrouve en moi une vieille tendresse dès qu'il faut le consoler une fois qu'il est sorti, déchiré, des amours qui le ravagent.

Autre point commun entre nous, l'angoisse de vieillir. Une vieillesse qui le paralyse bien davantage que nous les femmes qui chassons les rides, transformons nos fausses conquêtes en jeux de nuit et nous réconfortons en partageant avec plus ou moins de lucidité nos angoisses de belles en train de se faner. Cette peur, Sean aussi la ressent. Malgré sa réussite éclatante dans l'immobilier de luxe – il achète et revend des maisons dans les villes où il a aimé et souffert : Dublin, Chicago, Miami, Milan, Montréal –, ce sujet l'angoisse. Les maisons, il les transforme, les meuble puis les quitte, incapable de s'attacher, persuadé que l'inconnu porte plus de vie que l'enracinement. Sean, mon ami, est un homme sans issue. Et c'est sans doute pourquoi il m'attire et m'émeut. Et, en ce moment, j'ai l'émotion à fleur de peau.

*

* *

Jeanne prétend que l'obsession du travail est une addiction qui mine l'esprit et le corps.

« Tu t'uses par en dedans. Rien de pire que le stress pour dégingander les organes internes, assure la dépendante des croisières qui me harcèle afin que je parte avec elle en Alaska, sa dernière lubie.

— Écoute Jeanne, je peux tout de même pas me faire botoxer la rate, l'estomac et les ovaires, que je lui réponds. Ou recevoir des injections d'acide hyaluronique qui donneraient plus de corps à mon intestin devenu paresseux avec l'âge ! »

Quant à ma chère fille, comme à son habitude, elle s'est volatilisée depuis notre dernière rencontre. J'ai appris à contrôler mes inquiétudes face à ces silences. Ce qui ne m'empêche pas d'éprouver un léger pincement à chaque sonnerie de mon téléphone. Quand elle était petite, la crainte qu'il lui arrive un malheur ne me quittait jamais. Un jour où j'étais passée devant son école un après-midi – mes menstruations, dignes des fontaines du Caesars Palace à Las Vegas mais en rouge, s'étaient déclenchées –, j'avais aperçu une ambulance à l'entrée du collège. Prise de panique, mais consciente de la réaction du personnel qui me recevait, je me suis précipitée à l'intérieur, j'ai bafouillé devant la directrice qui déjà s'efforçait de calmer le parent paniqué, débarqué en catastrophe pour être au chevet de son fils qui venait de se fracturer la jambe avant que les ambulanciers ne le transportent à l'hôpital. « Ne vous inquiétez pas, m'avait rassurée une responsable : vous n'êtes pas la seule mère à réagir de la sorte. » Il va sans dire que je n'avais pas apprécié sa remarque, estimant qu'elle trahissait une piètre sensibilité en osant comparer mon angoisse avec celle de toutes les autres mères. L'année suivante, j'avais transféré Éléonore dans une école tenue par des religieuses. Au moins, ces épouses du Christ, célibataires par vœu de chasteté, étaient des mères pour chacun des enfants qu'on leur confiait.

La morale de cette histoire ? Je capotais sans raison pour une enfant qui, des décennies plus tard, me traiterait comme jamais je n'aurais osé le faire.

Quand Jeanne est revenue à la charge au sujet de la croisière en Alaska, son insistance a fini par me mettre la puce à l'oreille. Madame la juge, qui a passé une partie de sa carrière à exiger que les citoyens défilant devant elle jurent de dire la vérité, toute la vérité et rien que la vérité, a avoué. Mes amies avaient trouvé l'idée de ma fille évaporée pas si bête et rêvaient de me faire traverser le cap de la soixantaine en leur compagnie, soit une semaine à sillonner ensemble la mer gelée, le territoire des grizzlys et de l'inoubliable Sarah Palin, la candidate à la vice-présidence américaine qui assurait apercevoir la Russie de la fenêtre de sa cuisine et était la tête heureuse des Mamas Grizzlys du Tea Party.

Je crois que j'ai manqué de diplomatie en exprimant mes réserves quant à l'intérêt de changer de décennie en compagnie des ours les plus agressifs de la race dont l'équivalent canin est le pitbull. L'idée de mettre pied dans le parc de la Baie-des-Glaciers à la recherche de ces enragés, d'observer des glaciers éternels et de visiter Ketchikan, le village natal de saumons qui reviennent y mourir, ne m'enthousiasmait guère. Aller souffler soixante bougies dans pareil environnement me laissait froide, c'est le cas de le dire. En fait, je soupçonne Jeanne de s'être laissé convaincre par Pauline, la sportive spartiate qui tire une partie de son plaisir sexuel de ses performances quasi olympiques avec des marathoniens et adeptes des sports extrêmes. Du reste, Jeanne a admis que Pauline militait ardemment en faveur de cette croisière qui exigeait des capacités physiques bien au-dessus des nôtres puisque des escalades étaient comprises dans le programme. En somme, c'était moins un baptême d'Alaska qu'elle proposait que la possibilité d'un enterrement de première classe, le mien ! Elle avait suggéré, comme alternative, une randonnée à bicyclette dans le Luberon, en France, dont l'apothéose consistait en la montée du mont Ventoux. Le groupe avait vite écarté sa proposition, connaissant mon enthousiasme à rebours pour le cyclisme, cette discipline où le corps sert de carrosserie en cas d'accident.

Un anniversaire est un moment excitant tant que l'on peut multiplier par deux notre âge et que le chiffre indiqué sur le gâteau évoque encore la jeunesse. Il devient problématique, en revanche, à partir d'environ vingt-cinq ans, quand on saisit qu'on atteindra un jour le double, soit la moitié d'un siècle. À cet âge, les hommes fanfaronnent encore et les femmes se regardent peu dans la glace, à tout le moins sans insistance. Ensuite, le rythme des visites chez le docteur remonteur de figure et compresseur de ventre se fait plus régulier. Et, à la fin de la quarantaine, on rêve d'un abonnement avec tarifs réduits.

La première fois que j'ai consulté, c'était à Paris. Une femme élégante d'une beauté toute naturelle m'avait recommandé son médecin, praticien dont elle assurait comme tant d'autres qu'il était le meilleur de France et pourquoi pas d'Europe. À la regarder, je n'en avais aucun doute. J'ai donc pris rendez-vous dans l'heure avec le seul docteur qui entrait dans ma vie pour ne me faire que du bien – à moins d'un gros ratage bien sûr et à la condition expresse que je puisse me reconnaître une fois les travaux exécutés. Car pas question pour moi de me faire remonter le visage, tirer la peau et gonfler les joues par des chirurgies invasives qui exigeraient la moindre anesthésie générale. Non, je voulais du doux, du discret, de l'invisible qui se voit sans se voir. Comme une connaissance de mon entourage était décédée sur la table d'opération à la suite des multiples interventions qu'elle avait souhaité réaliser en une fois et auxquelles avait cédé son médecin, incapable de résister à son charme et à son portefeuille, j'étais résolue à faire exactement l'inverse. Du bistouri soft, pas de carabine à collagène !

J'ai d'ailleurs aimé mon docteur au premier coup d'œil. Jovial, détendu, souriant, tout me plaisait en lui. Même les piqûres qu'il allait me faire. Mais je l'ai mis en garde : « Je connais des femmes dont la figure est si tirée qu'elles ont le clitoris sous le menton. Je préférerais donc que le mien ne bouge pas », ai-je lancé d'emblée. La loupe qu'il avait sur le front a glissé sur son nez sous la pression du rire qui avait plissé sa peau. Depuis, nous ne nous sommes pas quittés. D'autant qu'à mon retour à Montréal, mes amies – qui n'ont rien deviné en me voyant si rafraîchie – ont cru que je m'étais soumise à une cure de sommeil tellement mes traits semblaient reposés. Si, avant, j'étais sûre de leur avouer être entrée dans cette confrérie aux allures de franc-maçonnerie avec secrets et codes qu'est la chirurgie esthétique, après réflexion j'ai préféré me taire, comme elles.

Je connais des détails fort intimes de la vie sexuelle de nombre de mes chères amies, lesquelles parlent sans réticence ni complexes de leurs ébats comme de certaines pratiques sexuelles de leurs amants qui les surprennent encore, mais les subtils ajustements du botox restent dignes des secrets d'État. Si je soupçonne la plupart de recourir à la chirurgie esthétique, force est de constater que celles aux visages les plus lisses, aux tailles fines sans bourrelets et aux cuisses vierges de cellulite s'avèrent bien cachottières sur le sujet. Alors je les imite. N'est-il pas normal de laisser croire que l'âge n'a aucun effet sur nos corps de déesses ?

Mais bon, la soixantaine sonne le glas de cette illusion. C'est pourquoi les plus angoissées, comme Pauline, entreprennent des travaux pharaoniques et permanents – jusqu'à ce que la peau ne résiste plus, je suppose. Des travaux impossibles à cacher mais dont on ne parle pas pour autant. À moins que ces gros chantiers ne soient abordés par l'intéressée elle-même.

Comme Pauline, qu'aucune d'entre nous n'est parvenue à empêcher de faire à la fois un lifting et une liposuccion, qui consiste à faire aspirer les graisses maudites plaquées à l'extérieur mais aussi hélas à l'intérieur des cuisses pendouillantes. La pauvre, qui envisageait l'opération comme un *Happy Hour* – deux pour un –, a mal réagi, ce que nous craignions. Elle a donc vécu cloîtrée chez elle durant des semaines, la figure tuméfiée et les cuisses bosselées et douloureuses comme si les canules n'avaient pas réussi à avaler toutes les graisses, laissant des amoncellements dans certains replis surprenants. Nous avons eu beau tout faire pour lui remonter le moral, l'opération s'avérait plus difficile que la remontée du visage. Dès qu'on la quittait, elle s'effondrait en larmes et avalait une double dose d'Ativan, son bonbon préféré pour calmer l'anxiété. Elle faisait tellement pitié à voir que son expérience catastrophique a quelque peu calmé les prosélytes de la reconstruction générale. À toute chose malheur est bon, mais quand même…

*
* *

Leila Khoury m'a invitée à un dîner dans son surprenant appartement où l'on s'imagine à Beyrouth plutôt qu'à Montréal, avec toutes ces antiquités hors de prix, je suppose, rapportées de son pays natal. Je soupçonne qu'elle l'a organisé pour me jeter dans les filets de son cousin, exportateur de fruits de mer et fraîchement séparé de sa femme originaire de la Beauce, une région entre la ville de Québec et la frontière américaine célèbre pour le dynamisme excessif de ses habitants et la force légendaire de ses battantes. Leila, cachottière, et son cousin, consentant à répondre au vœu de l'entremetteuse, m'ont piégée. Dès que j'ai aperçu, au fond du salon, cet homme en costume sombre et au regard rieur et enveloppant, j'ai été sur mes gardes. Il y avait péril en la demeure car il avait tout pour me plaire. Sur-le-champ, j'ai amorcé la conversation avec le premier couple sur lequel je suis tombée, évoquant aussi bien les embouteillages cauchemardesques du centre-ville devenu un chantier permanent, les solutions pour régler cette calamité, que l'actualité, etc. De quoi m'éviter d'approcher le groupe que ce beau Charles animait. Car il m'attirait comme un aimant et je connais suffisamment cette sensation irrésistible pour craindre le pire, c'est-à-dire me retrouver à ses côtés, ce qui, bien sûr, semblait presque, j'en avais conscience, me mettre à la merci de cette mafia du cœur libanaise.

Mes amies sans prince charmant ou vieillard argenté dans leur champ de vision prétendent toutes avec plus ou moins de conviction qu'elles adorent leur solitude libératrice. Si j'étais vraiment honnête, je m'empresserais de moins sonner les mêmes trompettes de l'épanouissement personnel total au travail et en amitié. Car certains soirs, étendue dans mon lit *queen size* si mal nommé puisque sans aucun prince à mes côtés, je décompte les années qu'il me reste à vivre. Et l'angoisse explose alors comme une fusée, une angoisse liquide qui coule dans mes veines et dont je réussis à me débarrasser en criant des bêtises du genre : « Arrête de niaiser, de te pourrir la vie. T'es pas Alzheimer, t'as pas le cancer, t'es drôle et t'es pas obèse. » Alors je me prépare un bol énorme de Shredded Wheat, les céréales préférées de mon enfance, que j'engloutis en relisant pour la trois centième fois un album de Tintin dont toute la collection me sert de livre de chevet. Ce qui m'évite les somnifères dont se gavent certaines copines insomniaques. La vérité oblige donc à dire que le célibat forcé me pèse beaucoup malgré mes rêves d'indépendance totale. Aussi, quand un beau mâle comme le cousin de Leila apparaît, un double instinct s'éveille en moi : me laisser mettre le grappin dessus et... éviter de succomber.

Le cousin circulait d'un groupe à l'autre en m'évitant, non sans jeter des regards furtifs que je captais. Son manège me donnait le sentiment de reprendre un certain contrôle sur moi-même. Hélas ! la fébrilité ne me quittait guère et j'en étais à ma cinquième coupe de champagne lorsque enfin Leila a annoncé le début du repas.

L'agnostique que je suis a prié Dieu, ou plus précisément saint Valentin, afin qu'il intercède auprès de la sainte Trinité tout entière : être à côté de lui ! Deux tables avaient été dressées pour la vingtaine d'invités. Afin d'entretenir ce trouble exquis, je me suis éclipsée vers les toilettes où j'ai remis du rouge à lèvres et accentué le trait de mon fard à paupières. Prenant mon courage à deux mains, je suis revenue dans la salle à manger, fébrile. Et là, j'ai failli pousser un cri de joie mêlé de soulagement : il y avait une chaise vide à sa droite et elle m'était réservée !

Mon compagnon d'un soir a amorcé un mouvement pour se lever – un galant homme, quelle rareté de nos jours – et j'ai effleuré son bras en murmurant : « Je vous en prie. » Sans obtempérer, il s'est levé tout sourire et a tiré ma chaise. J'aurais juré qu'il me narguait quand il a dit : « Leila m'a parlé de vous à un point tel que j'ai l'impression de vous connaître quasi intimement. J'espère qu'à la fin du dîner j'aurai un portrait plus incarné que ce qu'on trouve sur Wikipédia. » Charles devait s'être trouvé drôle mais sa remarque insignifiante, pour ne pas dire indigente, m'a permis de me ressaisir. Je me suis même demandé comment une Beauceronne avait pu épouser un être aussi gauche. Et comment Leila, une femme à tous égards exceptionnelle, pouvait s'aveugler en trouvant à son cousin préféré des qualités que lui-même n'annonçait guère ?

« Je suis très timide malgré les apparences, me souffla-t-il à l'oreille. Veuillez excuser mes remarques stupides.

— Y a pas de quoi, cher monsieur », lui ai-je répondu du ton sec qui m'est familier avec ceux qui m'importunent.

Puis je me suis retournée vers mon voisin de droite, un avocat que je croise de façon épisodique dans des dîners peu réjouissants mais nécessaires au business, et me suis noyée dans le vin de Bourgogne. Bref, d'un coup, l'appétit m'avait quittée – celui de la table et des draps – et je me sentais comme une cyclothymique en phase basse. Je n'avais désormais qu'une envie : me retrouver au fond de mon lit pour pleurer sur mon sort de carencée affective permanente.

Évidemment, le cousin avait perdu de sa faconde. Refroidi, il devisait sans enthousiasme avec les uns et les autres sans oser m'adresser la parole. Je percevais son malaise malgré la brume alcoolisée qui flottait dans ma tête. Comment avais-je pu, à partir d'un simple regard échangé, plonger dans une telle excitation ? Étais-je en chaleur ? Mes emballements m'avaient entraînée au cours de ma vie dans des histoires épuisantes, exaltantes donc douloureuses, mais la cinquantaine avait réfréné mes ardeurs à cause de la ménopause et son corollaire, l'exode de courtisans sérieux. Pourquoi, cette fois-ci, avais-je vécu une remontée d'hormones en rut ?

L'objet de mon fantasme initial s'agitait sur sa chaise. En une heure et demie, nous avons à peine échangé quelques banalités :

« Vous voulez du pain ? Du vin peut-être ?
— Non merci.
— Je vous en prie. »

La fin du repas fut chaotique, l'un des invités ayant été victime d'une réaction allergique, vite contrôlée grâce à son EpiPen, l'auto-injecteur d'adrénaline. Dans l'émoi suscité par l'incident, je réussis à me retirer discrètement et à quitter les lieux. J'attendais l'ascenseur, peu fière de ma performance de la soirée, lorsque j'entendis une voix, sa voix, derrière moi.

« Comment puis-je me faire pardonner ? Donnez-moi une chance de me racheter sans quoi je vais me jeter dans le fleuve Saint-Laurent. »

En s'engouffrant dans l'ascenseur où nous n'étions que deux, il mima une caresse sur mon bras avec sa main qu'il maintint à trois centimètres au-dessus de la manche de mon manteau de fourrure. « C'est doux, très doux », dit-il, comme s'il parlait du bouton d'ascenseur.

Une fois au rez-de-chaussée, je commandai un taxi au concierge de l'immeuble et le Libanais n'osa s'interposer. Il m'adressa un signe, un signe d'adieu. Ratage total.

Chapitre 4

Marie s'est enfin résolue à quitter sa « flamme vacillante » de quarante-six ans après avoir déployé ses charmes et son « doigté érotique », comme elle qualifie ses talents sexuels censés faire reprendre vie à tout pauvre garçon déprimé qu'elle espère sauver de la mollesse érectile.

« Deux mois durant, je ne l'ai pas lâché. Plus il me faisait pitié, plus je mettais d'ardeur à le stimuler, me raconte-t-elle. Mon excitation à le faire durcir me transportait. Je n'avais jamais expérimenté un plaisir aussi sourd et incandescent de ma vie. J'ai envie de te suggérer de prendre le relais ! »

J'ai failli m'étouffer avec une bouchée de filet mignon en entendant ça.

« Comment fais-tu pour être aussi déjantée dans ta vie intime et aussi froidement redoutable quand tu plaides ?

— À bien y penser, l'un ne va pas sans l'autre, a répondu la plus imprévisible de mes amies. Pour être franche avec toi, aucun homme ne m'a caressée avec autant de subtilité et de patience que lui. Ça pouvait durer des heures.

— Les hommes plus puissants sont plus impatients, c'est certain. Et c'est ce qu'on veut non ? ai-je rétorqué.

— En tout cas, je suis rendue ailleurs dans ma sexualité. La pénétration m'intéresse encore mais n'est plus une obsession. Je suppose que je me prépare pour mes vieux jours ! »

Nous étions convenues de dîner ensemble non pour parler de sexe mais afin d'évoquer les célébrations de mon changement de décennie. Aussi, ce sujet tout aussi redoutable fut vite abandonné.

« Les filles sont vraiment déçues que l'Alaska ne t'attire pas. Chacune de nous est très occupée et le fait que toutes soient d'accord pour partir une semaine constitue une grande preuve d'amitié. Tu ne peux pas jouer à la capricieuse. »

Vlan, je venais de me prendre une gifle en pleine figure.

Qui a décrété que les relations entre femmes étaient plus simples que celles avec les hommes ? À l'occasion de mon anniversaire, mes amies, censées éprouver de l'affection pour moi, décident en chœur de m'entraîner à l'autre bout du continent, sur un bateau où j'aurai le mal de mer, vers des montagnes alors que les paysages minéraux me perturbent et que j'ai déjà donné dans les neiges éternelles et la froidure, étant née en janvier. Pourquoi ne comprennent-elles pas qu'avec l'âge, je rêve de vacances au soleil, sous un parasol, une piña colada posée sur la table d'appoint et une biographie de George Sand ou de la Veuve Clicquot, nos mères d'avant le féminisme, bien calée sur mon petit ventre qui me sert désormais d'appui-livre.

Mais je me suis tue devant Marie, appréhendant la réaction des copines si j'exprimais le fond de ma pensée. Mon anniversaire sera donc l'occasion pour Jeanne de croisiérer encore, pour Marie de défier la nature, pour Claudine de connaître une nouvelle aventure sans lendemain et pour Pauline de se réconcilier avec cette dernière. J'ai donc confirmé à Marie mon accord pour la croisière.

« Si tu ne manifestes pas plus d'enthousiasme, on laisse tomber et on fêtera l'événement ailleurs, c'est pas compliqué, a lancé Marie, devinant ma réticence.

— Que si », ai-je répondu en soupirant.

Nous nous sommes donc quittées sur ce quiproquo et j'imagine déjà les versions de notre conversation que Marie va présenter à chacune des filles. Mes oreilles vont bourdonner.

*

* *

Je suis sans nouvelles de Leila, à qui j'ai laissé un message de remerciement le lendemain du dîner. Ce silence me rend perplexe mais je chasse de mon esprit tout lien entre son mutisme et le flop du *blind date* avec le cousin. Leila a beau être intégrée à la culture québécoise, je n'oserais aborder le sujet d'emblée avec elle. Avait-elle planifié cette rencontre ? Je doute qu'elle me l'avoue. M'avait-elle assise aux côtés de Charles par hasard ? Il m'est difficile de le croire. Lui a-t-il rapporté notre échange ? J'ignore, à vrai dire, leur degré d'intimité. S'est-elle donné comme mission de trouver une compagne à ce cousin esseulé ? L'option est vraisemblable. Contrairement à nous, qui avons tendance à décourager les amis de s'installer en ménage, le mariage ayant mauvaise presse dans certains milieux de divorcés désireux d'allonger la liste des éclopés amoureux pour se sentir moins seuls, les Libanais respectent et rêvent encore à la magie des belles traditions matrimoniales.

Me voilà rassurée : depuis quelques jours, Leila se trouvait à Miami pour affaires. Elle vient de m'en informer par texto et souhaite même déjeuner avec moi. J'ai répondu par l'affirmative et sur-le-champ. Ce n'est pas tous les jours, à moins d'être complètement hystérique ou prédatrice sexuelle, que le regard d'un homme inconnu produit un court-circuit dans mon cœur, étincelle dont les flammèches prennent des jours à s'estomper. Or c'est précisément ce qui m'arrive depuis cette soirée avortée : je pense sans cesse au « cousin ». À tel point qu'hier j'ai perdu, durant un instant, le fil de ma plaidoirie lorsqu'un gardien de sécurité est entré dans la cour et s'est installé à l'avant, gardien sosie du cousin de Leila, ce Charles dont je peine à prononcer le prénom pour éviter de le faire exister même si je persiste à fermer les yeux afin de retrouver parfois les traits de son visage.

J'ai rejoint Leila dans un restaurant fréquenté par la faune avocassière et affairiste, si bien qu'elle et moi avons passé la moitié du repas à saluer les uns et embrasser les autres. Pas commode pour engager une conversation personnelle, ce à quoi je m'attendais. Mais Leila souhaitait en fait discuter affaires avec moi ; elle a même pris la peine, au début du déjeuner, de préciser qu'elle s'attendait à ce que je facture le moment passé en sa compagnie. J'ai compris que cela lui éviterait d'évoquer son cousin et qu'elle ne souhaitait pas que je m'aventure sur ce terrain. Il aurait été malvenu de m'épancher devant elle et de la faire payer pour m'écouter, me conseiller ou me confier que ledit cousin lui avait glissé un mot sur mes charmes. Durant cette heure et demie, top chrono, comme disent les joggers, j'ai mis mes sentiments en veille. On est professionnelle ou on ne l'est pas.

Au moment de nous quitter, sur le trottoir, Leila m'a lancé :

« Au fait, tu es libre à dîner dans une semaine ? Je reçois des Libanais de New York. Ça peut être intéressant pour toi, d'autant plus que deux d'entre eux songent à s'installer à Montréal. Ils sont très francophiles, ça va te plaire. »

J'ai répondu – un peu trop vite à mon goût :

« Oui, oui.

— Tu ne préfères pas vérifier sur ton agenda ? »

D'un coup, je me suis sentie démasquée. Alors j'ai improvisé :

« Non, car pas plus tard que ce matin une amie a décommandé un dîner prévu pour ce soir-là. Son mari doit être opéré le lendemain.

— C'est grave ? a-t-elle ajouté d'un air qui montrait qu'elle ne croyait pas un mot de mon histoire.

— Il attendait depuis quelques semaines ce moment : refaire son nez. Depuis dix ans que le nez du mari de mon amie la tanne, elle trouve qu'avec l'âge son pif de Cyrano a perdu de ses attraits. D'autant qu'il est devenu quasiment chauve. À vrai dire, je pense que si elle le pouvait, elle lui suggérerait de se faire greffer une tête. »

Nous avons ri, ni l'une ni l'autre n'étant dupe.

*

* *

En quittant Leila, j'ai décidé de marcher un peu pour m'extraire de mon délire. Pourquoi affabuler de la sorte ? Comment vais-je échapper au rendez-vous fixé depuis un mois visant à préparer un colloque sur l'avenir des femmes dans une profession que nous avons envahie au point d'y être prochainement majoritaires et de songer à y établir des quotas d'hommes ? Quelle excuse en béton inventer ?

Impossible de rater l'occasion offerte, sur un plateau d'argent, de revoir le timide que j'ai remballé de façon cavalière, enragée qu'il produise sur mon importante personne pareille impression. Je devrais cesser, aussi, de porter des jugements tranchants sur les radotages amoureux et érotico-pathétiques de mes plus chères amies, tant je leur ressemble. D'une certaine manière, je me fais pitié d'annuler, sans culpabilité, une réunion sérieuse dont j'ai fixé la date pour un dîner où aucun indice ne me permet de conclure que l'homme désiré sera présent ! Une vraie midinette de bientôt soixante ans.

*

* *

Depuis cette soirée dérapage, à la manière des ados, je ne cesse de consulter mes messages dans l'espoir d'entendre sa voix. Une musique que je ne serais même pas sûre de reconnaître. Comment vais-je traverser cette nouvelle semaine aux jours bien remplis mais aux soirées et nuits dignes d'un puits d'ennui si extrême qu'il m'est impossible de lire ? Les mots des livres et journaux m'apparaissent indéchiffrables. Je n'arrive pas même à me distraire devant les émissions de tarés faites pourtant pour ankyloser la matière grise. Même les aventures de Tintin ne retiennent pas mon attention !

Le décompte des jours avant mon retour chez Leila m'a même coupé l'appétit. Voilà au moins un effet secondaire positif du stress qui ne me quitte plus : je fonds. Mon ventre s'est dégonflé – fini l'appui-livre –, mais je ne suis pas dupe : si le cousin manque à l'appel, j'engloutirai quatre cents grammes de pâtes noyées dans une bolognaise garnie de parmesan râpé au point où le rouge de la sauce sera complètement blanchi, pour commencer. En revanche, s'il est présent, je risque de jeûner tant que le désir ne me quittera pas ! Et si une histoire s'amorce, adieu les pâtes, les sauces, le clos-de-vougeot, les sucettes au caramel salé et les chips BBQ Cape Cod.

Lorsque j'ai vu s'afficher le nom de Leila hier, sur le cadran de mon téléphone perso, j'ai cru défaillir. Elle n'allait pas annuler quand même ! Ouf, mon amie voulait simplement demander si je venais « seule ou accompagnée », précisant :

« Je n'invite jamais un nombre impair d'invités comme je suis superstitieuse, j'ignore si je te l'ai déjà signalé.

— Je serai seule comme à l'habitude, c'est mon karma je suppose », ai-je répondu.

Quelle stupidité de lui parler du karma ! moi qui me moque de ces concepts fumeux. Mais au moins devait-il être bon car elle a ajouté :

« Au fait, mon cousin Charles sera présent demain. Seul lui aussi.

— La solitude court les rues, de nos jours », ai-je répliqué pour empirer mon cas, d'un ton plus léger.

Après avoir raccroché, j'ai cependant failli me précipiter au fond de mon lit, une couverture par-dessus la tête, comme je le faisais, petite, lorsque la honte m'envahissait après une grosse bêtise. Pourquoi ces réponses niaiseuses et cette voix d'ado débordant d'espoir ? C'est l'instant qu'a choisi Éléonore pour m'appeler.

« Maman, maman, je suis enceinte ! » dit-elle.

Le bonheur, enfin, me rattraperait-il ?

« Tu veux que je te décrive encore le moment où j'ai su que j'étais enceinte de toi, mon amour ?

— Oui, oui, c'était à Paris, tu revenais d'Israël, t'étais trop énervée pour lire le résultat et t'as demandé à la pharmacienne de le faire à ta place. Mais raconte-le à ta manière.

— Et toi, chérie ? ai-je préféré demander.

— Moi, j'ai voulu faire seule mon test. Léo participe à une conférence. Il ne revient qu'en fin de soirée et il a oublié son portable à la maison. Maman, tu es donc la première à qui je l'annonce. »

Et ma fille a fondu en larmes. Je voulais rire mais les sanglots, à mon tour, m'étouffaient. Nous ne pouvions nous arrêter ni l'une ni l'autre. Mon Éléonore, ma petite, allait être mère et moi grand-mère. Enfin !

*

* *

Combien de fois m'avait-on posé cette question qui provoquait un pincement à mon cœur troublé ? Combien de fois m'avait-on agressée – en tout cas je le vivais comme tel – en insinuant que la maternité ne correspondait pas à mon image de bagarreuse à la fois froide et sans état d'âme ? « Vous, vous avez des enfants ? »

Depuis quelques années, le temps passant, mes amies s'y mettaient, surprises que je n'aie pas rejoint aussi le clan des grands-mères. Comme s'il s'agissait d'envoyer une injonction à Éléonore pour qu'elle s'exécute ! Si je chérissais l'idée d'entrer dans cette nouvelle étape de ma vie, je préférais jouer à l'indifférente devant ces femmes qui glorifiaient leur statut de mamies et n'avaient de cesse de vanter les exploits de leurs petits-enfants, qui, à les écouter, deviendraient tous des génies du XXIe siècle. Seule la politesse me retenait de râler quand elles m'imposaient la vision des photos de bébés chauves, joufflus et aux regards sidérés qui accaparaient des dizaines de mégapixels de leurs iPhone !

Eh bien, désormais, j'allais pouvoir entrer dans leur club.

Soudain, un doute me taraude. Compte tenu des relations compliquées qu'Éléonore et moi entretenons, ne devrais-je pas consulter une psy pour apprendre les rudiments de l'art d'être grand-mère ? Et puis, je me tempère. Mon instinct, que j'ai tendance à contrer trop souvent afin d'éviter d'être emportée par l'émotion, m'incite à la raison : il suffira de m'ajuster aux états d'âme d'Éléonore durant sa grossesse. Personnellement, j'ai aimé les neuf mois de gestation et mon efficacité professionnelle s'est même accrue, pourquoi être grand-mère serait-il pire ? Le père d'Éléonore, Paul, se déplaçait constamment pour son travail, mais moi qui m'ennuie comme je respire je ne me suis jamais sentie seule, donc rien à craindre.

La conversation avec la petite chose poussant en moi ne s'est jamais interrompue. Dès le troisième mois, je lui chantais les comptines de mon enfance. Je lui décrivais aussi les lieux où je circulais, lui répétais les mots que j'affectionne comme « émotion », « douce folie », « esprit », « chatouille », « chat », « doute ». Je lui racontais d'emblée les histoires qui la raviraient une fois née. Tous les instants de ma grossesse me comblèrent tellement que j'en étais arrivée à envier l'éléphante qui porte son petit trois cent quarante jours ! Mon ventre qui en imposait, et impressionnait, me procurait un sentiment d'invulnérabilité que je n'ai plus jamais retrouvé. Mais comment confier ces émotions, ces sensations, cette force à Éléonore sans qu'elle ait le sentiment que je veuille la façonner à mon image ? Elle qui, dès sa naissance, m'a échappé, ce qui explique sans doute pourquoi j'aurais aimé la garder plus longtemps dans mon utérus… vide depuis ce temps !

*

* *

Tant d'émotions en vingt-quatre heures m'ébranle. Aussi, ce midi, je suis allée chez mon coiffeur. Objectif : me faire une tête différente.

« Vous êtes sûre ? a-t-il dit.

— Coupez autant que vous voulez, ai-je répondu, propos imprudent puisque les coiffeurs, gays pour la plupart, adorent nous transformer, voire souvent, hélas ! nous métamorphoser. Si mon Alonzo flottait de plaisir, ma réputation étant ce qu'elle est, il n'a pas osé trop délirer, de peur que je ne lui intente un procès qui le mènerait à la faillite. Résultat, sa coupe me plaît. En me dévisageant dans le miroir, un Alonzo quelque peu nerveux derrière moi, j'ai sursauté de joie.

« Pourquoi ne m'avez-vous jamais proposé un changement aussi radical plus tôt ? » ai-je demandé.

Il a hésité mais, encouragé par cet emballement, m'a avoué :

« Parce que même si vous êtes une de mes clientes préférées, vous me faites peur. Avec vous, oser c'est risqué. »

Je lui ai sauté au cou et j'ai sensiblement majoré son pourboire. Si seulement Charles avait la même perception qu'Alonzo...

*

* *

Au moment même où j'allais partir chez Leila, mon téléphone fixe a sonné. Incapable de résister à un appel, j'ai décroché. C'était Pauline. Une Pauline à la voix inquiète.

« Faut que je te raconte ce qui m'arrive. Et ne me dis pas que tu n'as pas le temps de m'écouter.

— Je suis attendue, Pauline.

— Que les convives patientent. Mon amitié est à ce prix. »

Pas le courage ni la possibilité de l'arrêter dans ces moments-là.

« C'est un homme que je connais ? ai-je demandé.

— Comment le sais-tu ? a-t-elle crié sur le ton de la paranoïaque en crise. Oui, tu le connais, Oscar, ton associé. On s'est croisés dans un cocktail, il m'a invitée à dîner et je me suis retrouvée dans mon lit avec lui en fin de soirée.

— Mais il est marié !

— Ce n'est pas le genre de question que je pose le premier soir, m'a-t-elle lancé.

— Écoute Pauline, vraiment je dois partir.

— OK, j'appelle sur ton portable dans l'auto.

— Non, non, je prends un taxi.

— Ça t'empêchera pas de m'écouter, tu auras qu'à ne pas répondre à mes commentaires. »

Quelle chipie égoïste ! Elle me vole les minutes précieuses où je pourrais fantasmer tranquillement, savourer ces rêveries d'avant une rencontre sentimentale ambiguë qui sont les meilleurs moments d'une histoire d'amour espérée, et je n'ai pas mon mot à dire.

Tandis qu'elle me raconte sa partie de jambes en l'air, j'enrage. Oscar, ce con, la soixantaine bedonnante mais encore séduisant, s'offre donc des aventures extra-conjugales, lui qui en est à son troisième mariage ! Quelle vitalité et quelle libido ! S'il se dépensait de la sorte au bureau, au moins sa contribution financière serait-elle plus élevée. Des associés qui s'acharnent à trouver de nouveaux clients et en ont plein le dos de le voir arriver au cabinet à onze heures du matin, prendre trois heures pour déjeuner et revenir guilleret sous l'effet des Dry Martini pour signer des documents préparés par son assistante plus au fait des réformes du Code civil que lui, et lui folâtre comme jamais. Pas de doute, Oscar appartient à l'espèce en voie d'extinction des machos sympathiques et inoffensifs qui s'attachent les femmes en les faisant rire jusqu'au jour où elles découvrent une liste de rieuses plus longue qu'elles ne l'imaginaient.

*

* *

J'ai fait arrêter le taxi à quelques pâtés de maisons de l'immeuble de Leila, ayant trop besoin de reconnecter mon âme et mon cœur, comme me l'a appris, à dix ans, la très chère sœur sainte Anatolie, religieuse que j'aimais aveuglément et qui me le rendait bien puisque à chaque bulletin scolaire elle me classait première. Je devinais que son regard était plus bienveillant sur mes copies d'examens que sur celles de mes camarades, ces premières de la classe lèche-cul dont je faisais partie. À l'école primaire de mon quartier dans le nord de Montréal, les élèves se divisaient en petites filles modèles – les polies, les propres sur elles, les promptes à lever la main pour répondre à la maîtresse – et en tannantes, les agressives qui sentaient le pipi et qu'on appelait les « queues » parce qu'elles cumulaient les zéros. Plus tard, j'ai constaté qu'à quelques nuances près le monde des avocats se départageait selon les mêmes critères.

Pour tenter de me calmer, de retrouver une contenance et d'arriver au dîner au meilleur de moi-même, je me suis imaginée en cour, devant le procureur de la Couronne.

En pareille situation je contrôle si parfaitement mes émotions que personne ne peut prévoir mes réactions. J'ai eu raison : une fois dans l'immeuble de Leila, j'ai retrouvé un peu de calme.

Dans l'ascenseur, j'ai observé sans indulgence le reflet du miroir qui me renvoyait le visage d'une femme forte, prête à défier les autres. Une femme à laquelle sa nouvelle coiffure donne une allure cool, trop cool, dirait Éléonore, qui atténue le sérieux se dégageant de son visage, lequel semble reposé grâce à de récentes injections de botox et d'acide. Malgré mon stress, je me suis souri à pleines dents, puis j'ai trouvé l'angle parfait d'ouverture de ma bouche. Objectif : dénicher l'expression qui dégageait la part de mystère que je souhaitais arborer.

« Bonsoir, quel plaisir de vous revoir. » À haute voix, j'ai répété la phrase plusieurs fois, ce qui m'a permis de moduler et le ton et l'émotion nécessaires pour surprendre le cher cousin.

*

* *

Leila s'est précipitée vers moi dès mon entrée et m'a entraînée vers ses invités new-yorkais. Ses trois compatriotes, élégants, détendus, ressemblaient à des collégiens en goguette. À l'évidence, elle leur avait vanté ma compétence d'avocate – dont elle a tendance à exagérer le niveau – car ils me regardaient avec admiration. J'ai baissé les yeux telle une jeune première de Molière, sur mes gardes : il me fallait être à la hauteur de la réputation dont m'honore Leila, ces messieurs représentant des clients potentiels. De quoi ravir mes associés et enfoncer un peu plus le fantasque Oscar.

Hélas, le cousin se faisait désirer. Un mauvais point pour lui. Ce n'est qu'au moment de passer à table qu'il a fait une entrée remarquée : un énorme bouquet de fleurs printanières difficiles à trouver à l'approche de l'hiver occupait ses bras musclés.

Leila l'a embrassé affectueusement et remercié avec une joie débordante.

« Mais où as-tu trouvé ces merveilles ? a-t-elle demandé.

— Je les ai fait expédier de Floride ce matin pour toi, ma chère. »

Ce sur quoi Georges, le vieux mari de Leila, a répliqué :

« Heureusement que tu es son cousin, autrement je devrais m'inquiéter. »

Je ne sais pourquoi, j'ai éprouvé alors un léger, très léger malaise, que j'ai vite balayé d'un large sourire, vieux réflexe d'anciennes années de thérapie analytique où j'interprétais tout à un point tel que certains amis m'évitaient.

Une place m'attendait à la droite du fleuriste, mais l'émotion première s'était évaporée.

« Je savais que je vous retrouverais, a-t-il dit, l'œil charmeur.

— Ah bon ! ai-je ajouté sans pouvoir poursuivre ma phrase.

Décidément cet homme me faisait de l'effet mais je n'étais plus assurée d'y trouver plaisir. Était-ce la peur, la répétition de situations connues donc prévisibles ou une certaine lassitude ? Comme si je m'observais en spectatrice de moi-même, réflexe qui m'est familier, je me vis jouer un rôle maintes fois interprété dont j'avais usé les émotions jusqu'à la trame.

Heureusement, cinq verres de grand bourgogne plus tard, la fébrilité dont on a la nostalgie dans les moments où l'on se retrouve seule et chaste par défaut me regagnait. L'émotion revenue grâce à Charles voici un mois réapparaissait dans ce dîner où je n'avais, comme assurance initiale, que la certitude de déguster des *fattouches*, des *keftas nayés*, de la moussaka, des keftas grillés, des *babas ganoush* et le merveilleux *mouhalabieh* aux nigelles germées, plats qui, à eux seuls, justifiaient d'accepter les invitations de Leila.

Pendant la soirée, Charles, qui lançait et relançait la conversation, baissait toujours d'un ton sa belle voix de basse chaque fois qu'il s'adressait à moi.

« Voulez-vous du pain ? » s'enquérait-il au fur et à mesure que les plats apparaissaient. « Un baiser plutôt », avais-je envie de répondre. Il remplissait galamment mon verre après chaque gorgée – que j'avalais trop rapidement. Lui-même ne boudait pas les grands crus que l'assemblée appréciait. Était-il en train de m'enivrer pour me transformer en proie érotique, à sa merci ?

Tandis que mon voisin de gauche m'ennuyait au sujet d'un contrat entre sa société et un groupe financier reconnu comme un fleuron de l'économie québécoise, régulièrement Charles interrompait nos échanges de remarques anodines sur la qualité des brochettes d'agneau ou de la dorade au citron. Mais le New-Yorkais ne lâchait pas prise et je n'osais le remballer, consciente d'être en train de harponner un nouveau et riche client, de ceux qui paient les œuvres d'art que les cabinets d'avocats prospères affichent sur leurs murs afin d'impressionner la clientèle. Le business d'un côté, la sensualité de l'autre, j'étais tiraillée. Et émoustillée aussi, quand le cousin, en désespoir de cause, effleurait mon bras chaque fois que l'occasion se présentait, c'est-à-dire lorsque je posais la main sur la table !

Plus le dîner avançait, plus la situation virait au loufoque. Je travaillais sur un dossier à décrocher sur ma gauche et j'encourageais Charles à me séduire sur ma droite, espérant à la fois gagner l'argent de l'un et le cœur de l'autre. Les vapeurs de l'alcool embuant mon esprit, pour être honnête je n'aurais pas dédaigné que mon voisin de gauche m'effleure aussi. Quelle expérience étrange, troublante, que ce sentiment – une première dans ma vie d'hétérosexuelle traditionnelle – d'en arriver à être excitée par le fantasme de l'amour à trois. J'étais saoule à n'en point douter !

Une légère ivresse que, depuis quelques années, j'appréciais de temps en temps, ayant constaté que l'alcool, dont je n'avais jamais abusé auparavant, apaisait mon stress, chassait les angoisses qui surgissaient en moi dès qu'une tache ou une rougeur nouvelle marquait ma peau, qu'un pincement dans mon abdomen ou un léger étourdissement se faisait sentir. En somme, dès que les signes de l'usure du corps me rappelaient que j'étais mortelle.

Lorsque Charles a enfin murmuré à mon oreille : « J'ai beaucoup pensé à vous depuis cette rencontre où vous avez su me déstabiliser », j'ai abandonné mon ex-futur client et laissé traîner ma main à proximité de celle du futur amant. L'effleurement s'est alors transformé en brûlure, feu qui s'est répandu dans mon corps et m'a dessoûlée sur-le-champ.

La soirée s'étirait et aucun des invités ne manifestait le désir de quitter les lieux. Ayant retrouvé une partie de mes esprits – l'autre étant entre les mains de Charles –, j'attendis un signe de sa part. Qui ne vint pas. Sans me quitter des yeux, le cousin devisait avec mon potentiel client, Gabriel de son prénom, homme qui aurait pu, avec sa tête d'archange, être un substitut de Charles si ce dernier n'habitait pas déjà mes pensées. Et comme, à la différence de plusieurs amies, je me tenais éloignée des hommes beaucoup plus jeunes que moi – l'idée de me dévêtir devant un garçon qui pourrait être mon fils ou qui n'avait connu de son vivant ni Elvis Presley ni Jacques Brel m'était gênante –, je commençais à trouver le temps long.

Une fois le café servi, chacun se leva pour converser par petits groupes. Charles se déplaçait dans la pièce sans que je saisisse ses intentions. Une certaine fatigue me gagnait : la tension physique et le désir fiévreux, qui alourdissait mes yeux, devaient baisser de deux crans. Je n'avais pas l'intention de coucher avec lui tant je sais qu'avec l'âge le corps a besoin de préparation, d'un décor adéquat et d'un éclairage qui masque les outrages – même limités – du cumul des années, mais quand même : sa fausse indifférence finissait par m'irriter. Si, à soixante ans, on ne saute pas au lit comme une gazelle de vingt ans et on s'assure d'être épilée et parfumée, si l'amour se fait avec des mots qui apprivoisent et des yeux qui avouent ce que taisent les mots, pourquoi, en cet instant, ce satané Charles persistait-il à discuter avec les autres alors qu'il ne pouvait ignorer le trouble qu'il provoquait en moi ? Son manège virait à l'enfantillage crispant. Un jeu qui m'échappait si bien que je décidai de quitter les lieux !

Comme la première fois. Et comme la première fois, j'ai senti monter en moi une colère froide. Avait-il deviné mes pensées ? Je n'avais pas atteint l'ascenseur qu'il m'avait rejointe dans le corridor et plaquée contre le mur. Saisie, j'ai cru défaillir, mais il m'a retenue entre ses bras en murmurant :

« J'ai peur de ce que tu provoques en moi. J'ai peur de te perdre avant même de te posséder. »

Pour un début, je ne pouvais pas me plaindre.

Dans l'ascenseur, ses baisers étouffants ont duré vingt-cinq étages mais hélas, le rez-de-chaussée nous a ramenés sur terre. Qui sont les jeunes coqs et les poulettes novices qui croient que la sexualité leur est réservée ? Qui prétend que les vieilles ménopausées et les sexagénaires andropausés doivent se limiter à frapper des balles de golf et à s'empiffrer devant les buffets des bateaux de croisière où ils retrouvent parfois, bercés par les vagues, un sursaut de désir qui se retire en même temps que la marée ? La passion, la frénésie sexuelle n'ont pas d'âge et nous n'en avions plus.

Debout dans le lobby, alors que la lumière crue ne m'avantageait guère et que dehors la pluie glaciale tombait en trombe, il me demanda :

« Je vous dépose en taxi ? »

Une phrase neutre dans laquelle je ne pouvais saisir la moindre arrière-pensée, qui m'aurait déçue de lui. Mais j'ai apprécié ce retour au « vous ».

Dans le taxi, j'ai cru qu'il allait briser ma main tellement il la serrait. Devant ma porte, il est descendu de voiture et nous avons couru vers l'entrée pour essayer d'échapper aux gouttes.

« Vous allez être transi, ai-je dit après qu'il eut effleuré mes lèvres encore meurtries par ses baisers incandescents.

— Je suis déjà transi, a-t-il murmuré. Je pars demain aux aurores pour Vancouver. Puis-je vous revoir à mon retour ? »

Me retenant de lui demander : « Pour combien de temps ? », j'ai finalement murmuré à mon tour « Avec plaisir ».

Une fois étendue dans mon lit, moi, l'agnostique, j'ai eu envie de prier. Comme dans mon enfance lorsque j'éprouvais des bouffées de joie. Comme en ce temps où j'invoquais Dieu seulement lorsque j'étais heureuse, jamais pour demander des faveurs, préférant m'en sortir par moi-même. Comme en cette époque où je ne confessais jamais de péché d'orgueil, ce que les curés nous invitaient à faire, l'orgueil n'étant pas à mes yeux un sentiment exagéré de ses propres valeurs mais plutôt une source de fierté : celle d'être à la hauteur de ses rêves.

Chapitre 5

Depuis qu'elle est enceinte, Éléonore m'appelle tous les jours. Puisqu'il y a longtemps que je ne prends plus l'initiative de lui téléphoner, mes coups de fil et mes textos étant perçus comme des moyens de la contrôler, j'attends qu'elle se manifeste. Ce matin, elle s'inquiète de nausées qui l'affaiblissent ; je me suis donc bien gardée de lui avouer qu'à sa place je me portais à merveille, évitant soigneusement les accrochages qui découlent des comparaisons en sa défaveur. Par pure empathie et stratégie, je me suis donc inventé des nausées semblables aux siennes. « Tu me rassures, maman », a-t-elle dit. Et d'ajouter : « C'est plutôt encourageant, je suis donc comme toi. »

Il aura fallu que ma fille attende un enfant pour admettre qu'elle me ressemble. Ce lien nouveau entre nous ajoute à ma bonne humeur, bien-être qui irradie au bureau au point que plusieurs personnes m'en ont fait la remarque. « T'es en amour ? » a lancé une collègue. « Je vais être grand-mère », ai-je répondu. De nos jours, ce sont les gens souriants, enjoués, osant chantonner en public qui passent pour des fêlés, voire des exhibitionnistes, mais personne ne se préoccupe des énergumènes croisés sur les trottoirs ou les angles morts des entrées, ni de ceux qui embrassent leurs chiens, galeux comme eux, sur la bouche ! Drôle d'époque qui se méfie du bonheur et fait l'éloge du divorce, des séparations, ce qui fout la trouille à ceux qui s'installent en couple en y croyant encore.

*

* *

De son côté, Charles m'envoie de très courts textos sans effusion. Ce qui me rassure. « Je suis à une terrasse face à la baie de Vancouver et je pense à vous. » « Je prends un café devant le glacier à Whistler et je vous espère. » « Je suis arrivé dans la vallée d'Okanagan à Kelowna et je boirai ce soir une bouteille de Mission Hill Oculus non sans nostalgie. » Une cour plus géographique que sentimentale à laquelle je ne suis pas indifférente. Cela dit, il se garde bien de préciser avec qui il boira le vin. Non accompagné, j'espère.

*
* *

Jeanne et moi nous sommes retrouvées par hasard chez l'esthéticienne. Elle se prépare de nouveau à partir en croisière. Au Cambodge et au Myanmar cette fois. Grâce à son réseau de juges retraités, elle se réjouit d'obtenir un entretien avec la pasionaria dissidente Aung San Suu Kyi. Mon amie s'intéresse plus aux vedettes de la politique internationale qu'à la politique elle-même. Je suis jalouse sans doute que, grâce à ses contacts, elle puisse échanger avec cette femme sans peur mais non sans reproche apparemment.

Jeanne, depuis son veuvage et les années venant, est devenue accro des soins du corps. Sa ligne de sourcils doit être parfaite, sa peau nettoyée en profondeur, plus un poil ne peut apparaître sans qu'il soit retiré sur-le-champ. Je la comprends. Nous ne sommes plus à l'âge du visage teint de pêche d'antan, époque où un léger duvet de poils blonds ajoutait à notre charme.

Nos entrecuisses de même que nos pubis paraissent maintenant dégoûtants, affublés de ce qui ressemble à une barbe dégarnie et grisonnante de vieux hippies. Les poils durcissent en vieillissant, ils ne caressent plus, mais piquent ; et si l'on ne s'observe pas en portant des lunettes grossissantes, ils allongent à un rythme affolant. Jeanne partage mon dégoût pour ces excroissances pileuses depuis le choc de s'être entendu dire par un soupirant potentiel : « Excusez-moi, mais je crois que vous avez un cheveu sur la joue. » En joignant le geste à la parole, il a tenté avec délicatesse de l'en débarrasser. « Oh, s'est-il écrié stupéfait, je suis désolé et m'en excuse mais c'est un poil. » *Exit* le soupirant. À cause de cet incident, elle se fait scruter le corps en entier par une esthéticienne tous les quinze jours. « Elle en trouve constamment de nouveaux », m'a-t-elle dit pour justifier la dépense que cela implique.

Je la comprends, mais comme je ne passe pas ma vie en maillot de bain au milieu des océans du monde et que les occasions de me dénuder devant un homme sont réservées à mon gynéco et à mon médecin de famille, je n'ai pas la même hantise. Mais ma rencontre avec Charles augurant des embellies sexuelles, il y a urgence à soigner les préparatifs et la révision préalable. C'est pourquoi je consens à perdre deux heures de facturation pour aller me faire épiler, ravaler la figure, manucurer les pieds et les mains – faute de parvenir à faire disparaître ces fleurs de cimetière infâmes qui tachent mes mains exposées au soleil, fleurs qui trahissent l'âge qu'annonce ailleurs mon corps.

*

* *

Leila m'a encore laissé un message, auquel je n'ai pas donné suite ! En vérité, je la soupçonne de s'intéresser de trop près à l'évolution de mes relations avec Charles. C'est mon jardin secret.

Ce dernier poursuit sa tournée dans l'Ouest canadien et ne semble pas prêt de revenir à l'Est. Curieux tout de même que, de nos jours, malgré les moyens de communication, un voyage d'affaires puisse s'éterniser plus de deux semaines. Je chasse cette « mauvaise pensée », comme on disait dans mon enfance catholique, « mauvaises pensées » dont la nature a changé comme on le voit. Autrefois, sous peine de péché mortel, les vilaines pensées avaient une connotation sexuelle. Aujourd'hui, espérer faire l'amour avec Charles relève plutôt de la pensée positive. L'imaginer escaladant les Rocheuses autour du lac Louise en compagnie d'une jeune sportive qui l'essouffle (dans tous les sens du terme), voilà une mauvaise pensée. Pour moi, le péché est plutôt l'abstinence de sexe !

*

*   *

Leila étant plus discrète et byzantine que nous – contrairement à nous, Québécoises, qui sommes directes, voire brutales même dans notre façon de nous exprimer sans tourner autour du pot –, douée pour nous enfirouaper dans des subtilités confondantes, je reste sur mes gardes. Car si j'ai un minimum d'avenir avec son cher cousin, il me serait intolérable de laisser quiconque s'interposer entre nous. Je l'ai donc rappelée avec un délai inhabituel, tant il est déconseillé d'être inatteignable aux yeux du client. Dans son cas, l'amitié ne doit pas ouvrir la porte à une intimité que je ne souhaite, pour le moment, partager avec aucune de mes amies. L'addition de leurs expériences amoureuses les transforme en trop mauvaises conseillères sentimentales pour que je les écoute. Comme elles ont tendance à se projeter dans les histoires des autres, surtout celles sans homme donc sans la moindre possibilité de monter au ciel à brève échéance, elles vivent par procuration l'histoire de l'amoureuse du moment, ce qui leur donne le droit d'exiger d'être partie prenante au dossier. Et de cela, je ne veux pas.

*

* *

Claudine, qui trompe chacun des hommes de sa vie, en menant parfois trois histoires de front, a perdu un amant (particulièrement viril à ses dires) à cause de Pauline. Cette dernière avait rencontré ce mâle performant dans un restaurant où l'un et l'autre mangeaient en solitaire. Après avoir réuni leurs deux tables, sous l'effet de la vodka Quartz fabriquée avec l'eau la plus pure au monde – celle de l'Abitibi – Pauline avait mis ledit amant au courant des infidélités de Claudine – « un trait de son caractère », avait-elle assuré.

Le lendemain, après avoir repris ses esprits, l'amant indigné et en colère avait donné congé à sa chère et tendre non sans lui avoir rapporté en détail ce que sa mémoire avait retenu, malgré les brumes éthyliques, des confidences de son « amie » Pauline.

Depuis, Claudine ne désenrage pas. Malgré les excuses répétées et accompagnées de cadeaux extravagants de Pauline, le coup bas ne passe pas. Certes, sous notre pression, elle a accepté de continuer à assister à nos dîners de groupe, mais sa relation personnelle avec la « potineuse doublée d'une salope » est terminée.

Que ferais-je dans ce genre de situation ? J'avoue que j'hésite, sachant pertinemment que même si elle me faisait un coup fourré, je serais incapable de rompre avec Pauline, cet électron libre qui, ivre ou sobre, se nourrit des sensations que lui procure le fait de déblatérer contre tout le monde. À la fois il m'arrive d'en rire et d'en pleurer. Car Pauline me fait, au fond, pitié, elle si fantasque, sans frein et si peu équipée intellectuellement. Bien qu'elle possède une petite intelligence, disons très développée, à l'évidence elle se laisse submerger par ses angoisses. Une fêlure qui m'attache à elle. Sans doute parce qu'elle nous renvoie, crûment, notre propre image. Un miroir. Elle est un miroir... parfois trop déformant.

*

* *

Leila a trouvé l'excuse d'un dossier qui la concerne et dont je m'occupe pour me téléphoner. Mais, dans ses propos suaves, je sens bien que c'est celui concernant Charles qui l'intéresse. D'ailleurs, vite elle se dévoile :

« Tu as des nouvelles de mon cousin ? » interroge-t-elle après quelques minutes et avant même que j'aie terminé de lui expliquer la marche à suivre dans la cause dont elle m'a parlé et qui risque de finir par un procès, échéance qu'à mon habitude je préfère éviter en réglant hors cour les affaires mal engagées.

Comme je m'y attendais, j'ai simplement dit :

« Il m'a envoyé un gentil texto depuis le lac Louise. (Je n'allais quand même pas lui donner le nombre exact de ses petits messages : quatre au total.)

— Il revient dans deux jours, a-t-elle précisé.

— C'est ce que j'ai compris », ai-je lancé du ton le plus neutre possible alors que j'accusais le coup. Ainsi, Leila était au courant des va-et-vient de son cher cousin, donc connaissait vraisemblablement ses intentions à mon égard. J'ai prétexté une réunion imminente pour mettre un terme à cette déplaisante conversation.

Je suis en furie contre moi ! Je me comporte comme à vingt ans lorsque je m'amourachais du premier garçon qui s'attendrissait, souriait en me regardant et disait : « On se reverra », alors que nous avions juste échangé des banalités et qu'il s'évanouissait vite dans la nature, ouvrant illico une vallée de larmes chez moi. Pourquoi donc, à soixante ans, je persiste à me laisser piéger par ce type d'individus, ces hommes qui comprennent que la battante que je suis ne résiste pas à la moindre flatterie sentimentale ? Quelle gourde ! Et comme je ne m'illusionne guère sur ma capacité de résistance, je sais d'ores et déjà que je mordrai à l'hameçon dès que Charles m'invitera à dîner. Je dis même oui avant qu'il ne me pose la question !

De fait, dès qu'il a mis le pied à Montréal, le séducteur m'a téléphoné.

« Enfin ! a-t-il soufflé à mon oreille. Je suis à l'aéroport, j'attends mon bagage. Vous êtes libre par hasard ce soir ? »

J'ai failli me pincer à mort plutôt que de dire oui d'emblée, mais, niaiseusement, j'ai répliqué :

« Le hasard fait bien les choses : un dîner auquel j'avais prévu d'assister est annulé.

— Quelle chance pour moi », a-t-il répondu d'un ton enjoué indiquant qu'il ne croyait pas un seul mot de l'explication.

Par ailleurs, comment pouvais-je être sûre qu'il se trouvait devant le carrousel à bagages alors qu'en plus d'être incapable de transférer une photo de mon iPhone à mon ordinateur j'ignore comment activer le procédé de géolocalisation de cet appareil ? Une vraie jurassique ! Au moins cela m'évite de tomber dans la paranoïa que ces multiples moyens d'espionnage nous offrent.

Heureusement que j'étais allée chez l'esthéticienne préparer mon corps à subir les outrages bienvenus d'un Charles que la puissance des montagnes Rocheuses allait à coup sûr inspirer. Il ne me restait plus qu'à ajuster l'éclairage de ma chambre, trop cru à mon goût, donc peu recommandable pour les ébats amoureux. À l'âge où il est téméraire de chanter « Déshabillez-moi », comme Juliette Gréco – chanson qu'elle aurait dû cesser d'interpréter depuis longtemps –, on se déshabille par étapes et soi-même, en s'assurant de parvenir à la nudité totale lorsque la force du désir altère la vision de l'amant. Le premier soir et les soirs suivants, jusqu'à ce qu'on ait réussi à le retenir autant par le cœur et les mots que la peau, mieux vaut tout tamiser.

En fait, je comprends un peu ces femmes qui n'acceptent plus de coucher qu'avec des ex. Être en terrain connu rassure et réduit les mauvaises surprises. D'autant qu'un fossé quasi infranchissable existe entre les fantasmes sexuels de la jeunesse et leur réalisation par des corps sexagénaires. Les prouesses de gymnaste comportent des risques pour les vieux, c'est connu. Quant à certaines pratiques amoureuses, elles apparaissent grotesques une fois franchie une limite de fraîcheur. La vieille et confortable position du missionnaire demeurant d'une efficacité sans failles pour les gens du troisième âge capables de ne pas bouder leur plaisir, recourons-y avec joie. Contrairement à ce que certains jeunes prétentieux, qui font de plus en plus appel aux pilules bleues, dit-on, aiment à croire, l'amour physique n'a pas d'âge quand on se connaît bien. Et moi, avant de retrouver ma peut-être future conquête, je savais ce que je valais et aimais.

J'ai insisté pour le rejoindre directement au restaurant afin d'éviter un nouveau face-à-face gênant. Et je suis volontairement arrivée en retard pour ajouter à la tension énervante des premières approches. Il m'a serrée dans ses bras en appuyant discrètement sur mes hanches.

« Vous êtes radieuse », a-t-il murmuré.

J'ai souri sans mot dire.

« J'ai très faim, a-t-il décrété. C'est le décalage horaire avec Vancouver je suppose. »

En fait, il est connu qu'en pareilles circonstances et perspectives les hommes ont un appétit d'ogre alors que les femmes sont incapables d'avaler la moindre bouchée.

« Et si on buvait du champagne, a-t-il ajouté.

— Pourquoi pas ? » ai-je répondu.

Je n'écoutais plus que ce que me révélaient ses yeux.

Il a commandé des côtelettes d'agneau qu'il a dévorées avec une rapidité surprenante, tandis que je picorais mon saumon à l'escabèche. La conversation sur les grizzlys, les mouflons et les wapitis vivant autour du mont Rundle dans le parc national de Banff s'effilochant, brusquement il a pris ma main en me dévisageant avec une joyeuse impertinence. Pour déclarer :

« On y va ?

— Si vous le souhaitez.

— Le souhait est partagé, je crois. »

Il a demandé l'addition au garçon. « Pas de dessert ? » s'est enquis ce dernier. « Une autre fois », a répliqué Charles.

Dans le taxi, il a laissé un espace entre nous, ce qui lui permettait d'allonger le bras vers moi. Plus précisément sur mon genou. Devant chez moi, il a murmuré : « Vous m'invitez à monter ? » et mon désir était si violent que j'ai eu peine à sourire.

Devant la porte, il a saisi le trousseau de clés de mes mains et demandé : « C'est laquelle ? » Puis il a ouvert en s'effaçant devant moi. Habilement, j'avais laissé une lampe allumée dans le salon en prévision.

« Vous voulez boire un verre ? » me suis-je entendue dire, désireuse de prolonger le doux instant qui précède le basculement de l'émotion. Pour toute réponse, il m'a plaquée contre le mur. Le souffle coupé, je n'ai plus prononcé un seul mot. Quand j'ai entendu « la chambre », j'ai eu la force de lui indiquer le chemin d'une main un peu tremblante.

Rassurée par l'éclairage tamisé autour du lit, j'ai pu atteindre, grâce à la maîtrise princière de Charles, l'alléluia de la jouissance ! Une expression appropriée dont je n'avais pas saisi la portée lors de mon mariage catholique.

Quand j'ai repris mes esprits quelque temps plus tard, la voix caverneuse de Charles m'a fait frissonner.

« Tu m'épuises, très chère.

— Est-ce une mauvaise note ? ai-je soufflé à son oreille.

— Non. Cela signifie simplement que j'ai besoin de prendre une pause avant de recommencer à te caresser. »

Il y avait des lunes qu'un homme n'avait pas exprimé le désir de récidiver de la sorte. J'avais connu des garçons performants qui pouvaient traverser la nuit en éjaculant à deux ou trois reprises et même un jour rencontré un champion toutes catégories capable de m'honorer et m'ensemencer cinq fois en quelques heures, exploit qu'aucune des amies auprès de qui j'avais hypocritement fait enquête sans avouer que j'en avais été l'heureuse victime n'avait expérimenté, mais là c'était autre chose. Une autre époque aussi.

Chapitre 6

Après cette nuit féconde en émotions, sensations, frissons, passions, j'en conclus que Charles non seulement me plaisait mais qu'il pourrait bien être le compagnon avec lequel j'aimerais entrer sans trop de regrets ni douleurs dans cette décennie dangereusement critique. En me quittant ce matin, j'ai été touchée qu'il m'avoue son propre trouble. « J'aime déjà l'idée de penser à toi aujourd'hui. » Et j'ai apprécié qu'il ait ajouté : « Je peux te rappeler ce soir vers dix-neuf heures ? »

Trop d'hommes, après une première nuit, s'interdisent de dire ou promettre quoi que ce soit, de peur que les femmes n'interprètent leurs propos comme un engagement. Car les hommes qui s'éclipsent, tergiversent sur leurs sentiments ou se spécialisent dans la fleur de peau des premiers ébats sont légion. Mais Charles semblait d'une autre trempe. Ce membre d'honneur de la catégorie – rare – des hommes attentionnés de jour comme de nuit, il allait falloir que je le ménage et me l'attache. Fallait-il pour autant en parler aux copines ?

*

* *

Avant de partir en Corée du Nord, Marie m'a convoquée, le mot n'est pas trop fort, à dîner. « Seule à seule », a-t-elle précisé. Que se passe-t-il ?

En fait, à cause de son imagination débordante, elle estime que ses chances d'être arrêtée par les sbires du président tyran Kim Jong-un, le sinistre gros ado attardé assassin dont on peut espérer qu'il éclate un jour en public comme une baudruche lors d'un des défilés de ses esclaves militaires à Pyongyang, ne sont pas faibles. Elle m'a donc remis une copie de son testament olographe, en précisant :

« Je voudrais que tu sois mon exécutrice testamentaire. J'ai prévu un montant substantiel pour tes honoraires.

— Puisque ce voyage te perturbe autant, annule, ai-je rétorqué avec ce bon sens qui me caractérise face aux attitudes ubuesques.

Qu'est-ce qui t'oblige à mettre les pieds sur le sol de la dictature la plus hystérique de la planète ?

— L'idée que très peu d'étrangers réussissent à y entrer.

— Pauvre Marie. Va dans l'espace alors. Les Russes acceptent les civils dans leurs fusées.

— Ne te moque pas. Et puis j'suis pas assez riche et je n'ai pas le temps de m'entraîner. La Corée du Nord, c'est un vieux fantasme. J'ai envie de plonger dans cette atmosphère-là. Mes guides seront tous des espions et les gens que je croiserai des acteurs, mais je suis convaincue que je trouverai une personne que je pourrai aider à fuir. À condition qu'elle me donne ses coordonnées. »

Là, je me suis dit que Marie perdait vraiment la boule ! J'avais devant moi une amie qui ne divaguait pas mais était dédoublée. Comme si une autre personnalité la hantait. Prudente, j'ai changé d'attitude et de ton. On ne badine pas avec la folie, la vraie. Était-il possible que personne autour d'elle, ni sa famille, ni ses collègues avocats, ne se soit rendu compte de cette dérive ? L'extravagance de Marie, ses joyeux délires épisodiques, ses humeurs changeantes, font partie de son charme : la fixation sur la

Corée du Nord appartenait à son monde de lubies, à cette obsession d'apparaître différente, singulière, en décalage avec tout le monde, travers pas bien inquiétant. Mais là, elle entrait dans une autre dimension. Avions-nous été trop distraites, trop occupées ou amusées par ses histoires tirées par les cheveux pour ne pas nous interroger sur son équilibre mental ?

« La seule façon de libérer la Corée du Nord, a enchaîné Marie, est de tuer Kim Jong-un. »

Soudain son regard s'est transformé.

« Tu me jures sur la tête de la personne qui t'est la plus chère que tu garderas pour toi ce que je vais t'annoncer ? a-t-elle demandé. Une révélation qui prouve que je te considère comme mon amie la plus fiable.

— Je te le promets », ai-je bredouillé, de plus en plus inquiète, évitant par prudence aussi de jurer sur la tête d'Éléonore parce qu'elle est enceinte.

Sans être superstitieuse, l'idée de mentir en songeant à ma fille et son enfant me dérangeait, alors j'ai pensé à Jeanne, qui a un cœur de lionne et ne peut être affectée par ce péché véniel. À coup sûr, mon esprit d'ordinaire rationnel était contaminé par cette Marie devenue paranoïque, mais je m'exécutai.

« Je te le jure, ai-je déclaré en me faisant violence, car on ne peut être avocat sans éthique, même si la fourberie n'est jamais étrangère au comportement de nombreux confrères.

— Tu me le jures sur la tête de qui ? a-t-elle poursuivi, accentuant son délire.

— Sur la tête de Jeanne. »

Elle a paru surprise de ce choix, mais n'a pas bronché puis s'est rapprochée de moi en regardant partout et, dans un souffle, a prononcé cette phrase qui résumait sa folie proche de l'internement.

« Je vais tuer le tyran moi-même ! »

Oups, elle était vraiment partie loin. J'avais les jambes sciées.

« Ne pense pas que j'hallucine, s'est empressée de préciser Marie, ça fait des mois que je me prépare mentalement. Le projet m'est venu quand j'ai obtenu mon visa d'entrée et que l'agence m'a confirmé que le monstre nous accorderait une audience !

— Ah bon ! » ai-je simplement dit en jouant la surprise. Puis j'ai jeté un coup d'œil à ma montre et, avec le plus de détachement possible, me suis excusée d'avoir à la quitter si tôt car nous avions à peine terminé nos cafés.

J'étais atterrée mais surtout apeurée. Et si, dans sa démence, elle osait commettre l'irréparable ?

« On se revoit avant mon départ ? Ce sera peut-être une cérémonie des adieux, a souri Marie sur un ton d'étrange complicité.

— Je t'appelle sans faute », ai-je dit de ma voix la plus calme. Mais je savais que ma pression artérielle, normalement contrôlée par médication, avait grimpé, parce que mon cœur battait à tout rompre.

Instinctivement, j'ai ramassé l'addition. « Oh, tu m'invites », s'est-elle exclamée avec une joie enfantine qui tranchait avec ses propos incohérents. Je l'ai embrassée sur les deux joues délicatement et me suis dirigée vers la caisse afin de payer ce repas surréaliste et effrayant. Mais elle m'a rejointe immédiatement et j'ai tressailli lorsque j'ai deviné sa présence.

« J't'ai fait peur ? s'est-elle étonnée.

— Bien sûr que non, ai-je répondu en esquissant un impossible sourire.

— N'oublie pas ta promesse. Motus et bouche cousue. Pas un mot à aucune amie.

— Pas un mot », ai-je répété.

Une fois sur le trottoir, je me suis mise à trembler. Que faire en pareilles circonstances ?

*

* *

La seule psy que je fréquente étant ma fille, qui connaît Marie depuis l'adolescence, j'ai pensé que, dans son état actuel, mieux valait la tenir à l'écart de cette histoire lamentable. D'autant qu'avec Éléonore, je dois toujours mesurer mes paroles. Comment lui rapporter les propos de Marie sans qu'elle m'accuse de manquer d'humour, d'exagérer, voire de carrément délirer ? Ma relation actuelle avec Éléonore roule sur du velours, inutile de prendre le risque de la faire régresser en donnant à ma fille une occasion de douter de ma capacité à analyser les autres. Ne me reproche-t-elle pas sans cesse mon manque d'intuition et d'empathie ? « Je me sens incomprise de toi. »

J'ai réfléchi quelques heures en me demandant laquelle de nos connaissances communes pourrait me conseiller. Devant une situation qui nécessite doigté et discrétion, aucune amie – c'est triste à dire – ne m'a paru à la hauteur de la tâche. Alors j'ai pensé à Sean : il a croisé « l'aventurière » à différentes reprises et vit entouré de copains médecins. Il serait étonnant qu'hystérique, comme il se définit lui-même, il n'ait pas quelques psychiatres dans son entourage !

*

* *

Tout l'après-midi, j'ai été incapable de me concentrer. À dix-neuf heures je traînais encore au bureau en tentant de lire des dossiers. La sonnerie de mon portable m'a ramenée à la réalité.

« Comment a été ta journée ? » a dit Charles.

J'ai failli répondre « terrible » mais l'émotion de la nuit précédente m'a rattrapée et complètement enveloppée. Plus question de voir Sean en urgence, demain j'essaierais de dénicher le nom d'un psychiatre qu'avait consulté une collègue pour son fils... Là, j'avais envie d'autre chose !

Entendant le souffle de mon amant, j'ai roucoulé comme une poulette du printemps : « Ma journée a été ensoleillée, pour dire vrai. » Une vraie niaiserie. Qu'a remarquée le cousin de Leila en éclatant de rire :

« Mais il est tombé des cordes vers quinze heures. (Avant d'ajouter :) As-tu des projets pour ce soir, Agnès ? »

C'était la première fois qu'il utilisait mon prénom. Or tous les hommes ayant traversé ma vie qui ont su prononcer ces cinq lettres m'ont séduite. Pourquoi ? À cause d'une vieille blessure d'enfance impossible à cicatriser : jamais mon père ne m'a appelée ainsi, et ce jusqu'à sa mort à quatre-vingt-douze ans !

J'ai donc répondu :

« Non, pas de projets, pourquoi ?

— Pour tout », a-t-il déclaré de cette voix de basse enveloppée de sensualité qui m'a enflammée et m'enflamme encore au point de ne plus désirer que ce qu'il exigerait.

La première nuit avec un amant déçoit parfois mais l'appel des corps et la découverte de l'inconnu compensent les gaucheries, transcendent la pudeur, voire effacent un début de malaise. Si les femmes étaient honnêtes, elles admettraient que ces heures à partager la couche d'un inconnu sont rarement satisfaisantes, une fois l'acte accompli. À moins de se comporter elles-mêmes en machos et de réclamer leur orgasme en vertu du droit à jouir ! Mais si la première nuit pose problème, que dire de la deuxième. Celle où tout, et surtout la suite, se joue !

Eh bien, d'avance je sais que Charles sera un maître amant une fois encore. Pourquoi ? Parce que la nuit précédente, il a exploré mon corps avec intuition plutôt qu'en recourant à ce *know how* des hommes expérimentés additionnant les corps féminins comme des territoires à conquérir, recettes apprises sur le Net plutôt qu'en les choyant et en usant d'une vraie émotion érotique.

L'expérience de l'amour, doublée de l'âge, permet des comparaisons. L'infidèle Claudine, intellectuelle portée sur les statistiques pour prouver ses connaissances, affirme que sur les cent cinquante hommes avec lesquels elle « a coïté » – pour reprendre son propre vocabulaire auquel je ne m'habituerai jamais avec mon vieux fond de pudibonderie et mon refus viscéral des mots trop crus –, l'infidèle Claudine, donc, estime que les très grands amants ne courent pas les rues. Or ma première nuit avec Charles m'a convaincue qu'il appartenait au groupe de l'élite de choc de l'amour. Si j'ai la sagesse de mettre de côté ma carence affective, moi la Cendrillon de guimauve qui attend son prince charmant cachée sous le costume d'une séductrice à la poigne de fer par peur de perdre le contrôle, je dois admettre une chose : avec Charles, je viens de toucher le gros lot.

Et notre deuxième nuit m'a confirmé combien c'était vrai. J'ai rajeuni de quinze ans. Je me sens habitée par cet homme comme d'autres sont hantés par Dieu. C'est juste au petit matin que je me suis assoupie, ayant longtemps lutté contre le sommeil afin d'avoir le plaisir de regarder dormir ce Charles miraculeusement croisé grâce à Leila. Aussi beau que rassurant, aussi mystérieux que lumineux, doté d'un charme oriental et d'un esprit chevaleresque, tout me comble chez lui. Il m'envoûte même par sa façon directe et enveloppée de m'attacher à lui.

« Si je croyais vraiment en Dieu, m'a-t-il dit en s'éveillant, je serais convaincu qu'Il t'a mise sur mon chemin.

— Et moi, je voudrais croire en Dieu pour avoir quelqu'un à remercier pour notre rencontre !

— Il y a un peu ma cousine tout de même. Cela dit, méfie-toi : elle est possessive et s'attend à devenir ta confidente. C'est une Libanaise.

— Tu crois aux stéréotypes ? ai-je demandé.

— Je crois que les apparences ne sont pas toujours trompeuses », a-t-il ronronné en effleurant tendrement mon ventre rond.

Si mon téléphone n'avait pas sonné à ce moment précis, j'aurais volontiers retardé mon premier rendez-vous avec un client important, ou pire, consenti à demeurer au lit la journée entière. L'heure est grave, ai-je songé.

*

* *

Après m'être arrachée des bras de Charles, je me suis précipitée au bureau. Différents dossiers traités, j'ai rejoint Sean au déjeuner. Impossible de laisser Marie s'enfoncer dans ses divagations nord-coréennes. Il me faut intervenir puisque sa famille proche, avec laquelle elle est brouillée, ne le fera pas et qu'il est impensable de parler à son fils, garçon égoïste qui flotte quelque part entre Nashville au Tennessee où il chante de la musique country dans des bars miteux et Chibougamau dans le Grand Nord du Québec où il joue le trappeur en hiver !

Dès que Sean m'a aperçue, il a écarquillé les yeux : « Toi, t'es en amour, ma grosse ! » Je n'ai pas pris un gramme depuis des mois mais c'est sa façon de m'exprimer son affection. C'est bien connu, nombre de gays se pâment sur les femmes plantureuses. « Sean, je te parlerai de mes amours plus tard mais tu dois m'aider. » D'un coup, il est redevenu sérieux et j'ai pu lui raconter ma conversation surréaliste avec Marie. « Je suis pas psy, mais après six ans de thérapie intense, j'ai l'impression que ta Marie fait un épisode psychotique. » Sean est un saint moderne à mes yeux, hors ses histoires de cul dont il m'épargne les détails. Nous nous sommes quittés rapidement après qu'il se fut engagé à trouver de l'aide dans la journée même.

« Tu crois que ses collègues de cabinet ne se sont rendu compte de rien ? » a-t-il questionné avant de prendre congé. Mon Dieu ! Comment n'avais-je pas pensé aux conséquences de ses délires dans son travail ? J'avais toujours voulu une vie palpitante pour pallier mon angoisse de l'ennui ; avec Marie, j'étais servie.

Sean s'est transformé en bon Samaritain. Il a utilisé tous ses contacts chez les psys, y compris d'anciennes flammes.

Mais si Marie était en détresse, comment intervenir sans la brusquer, sans lui donner le sentiment que je la trahissais ? Finalement, c'est l'un de ses associés, un vieil ami, qui est intervenu et m'a sauvé la mise. L'ayant trouvée enfermée dans son bureau lorsqu'il était arrivé à six heures du matin avant d'aller à la cour, ayant dû forcer sa porte après l'avoir entendue gémir, il avait pris les choses en main. Marie était dans un état lamentable. Confuse, à moitié dénudée, elle avait recouvert son bureau de posters de Kim Jong-un, gracieusetés de son agence de voyages, je suppose. On l'avait sur-le-champ transportée à l'hôpital et placée en cure fermée, après avoir obtenu une ordonnance d'un juge. Avec la Charte des droits qui s'applique au Canada, cet internement supposait un état mental gravissime puisque les patients, même en psychiatrie, doivent donner leur consentement à être soignés. Marie allait pire que mal.

*

* *

Nous étions une bande de joyeuses folles, nos extravagances frôlaient parfois le précipice, nous conduisions nos vies de femmes plus que libérées le pied sur l'accélérateur et la tête dans le vent et voilà qu'une de nous, celle qui accumulait les aventures avec des hommes plus jeunes qu'elle, qui leur ouvrait ses bras, ses cuisses et son portefeuille pour rajeunir, Marie, s'échouait faute d'oxygène et de repères lui permettant de s'apaiser.

Chapitre 7

Malgré le début de l'idylle avec Charles et mon assurance toute professionnelle, la part d'ombre qui réside en moi reprend parfois ses droits. Alors je tente de raisonner comme je le fais efficacement dans les dossiers que je défends. « Continue de t'attacher à lui et c'est la peine d'amour, la vraie, qui t'attend, que je me répète. Tout t'attendrit en prenant de l'âge. T'as beau transformer ton angoisse en humour, tu te pièges toi-même. Tu vas rire jaune quand Charles te donnera ton congé en jurant qu'il t'aimera toujours mais autrement. » Combien d'hommes préfèrent leur « liberté » alors qu'il faut comprendre qu'à partir d'un certain âge, ils ont eux-mêmes la trouille de ne pas être à la hauteur de nos espoirs. Le recours aux petites jeunes qui les ravigotent, alors que c'est avant tout les pilules bleues qui les rendent performants, est une chausse-trappe. Certes, Charles n'appartient pas au régiment des adeptes du démon du midi et j'ai le sentiment qu'il échappe à son âge, que sa puissance sexuelle nous met à l'abri des intempéries à venir, mais régulièrement je cogite, m'inquiète et capote.

Est-il possible que cet homme soit si rassurant sans effort et si authentique sans feintes ? Dans le doute, je surveille son vocabulaire. Il dit par exemple : « On ira à Chicago un jour... » ou « La semaine prochaine, je te ferai découvrir un nouveau restaurant libanais » ou « Aimerais-tu visiter Santa Fe ? » Et là, je souris. En nous projetant dans le futur, il atténue ma peur. En est-il conscient ? Vraisemblablement pas. Mais je ne suis plus à l'âge de me révéler comme autrefois, époque où je voulais désespérément que celui que j'aimais connaisse tout de moi et de mes histoires amoureuses. Résultat, je me livrais pieds et poings liés au jeu de la vérité, sincérité qui me retombait sur la gueule lors des ruptures. Fini donc, depuis, les confessions, terminé le curriculum vitae sentimental révélé avec ses mises à jour à chaque nouvelle histoire ! Charles ne pose pas de questions, songeant peut-être que les réponses seraient interminables, alors je me tais. Et m'abstiens de lui soutirer des révélations, confidences qu'il se refuserait sûrement à me faire ou qui, dans le cas contraire, alimenteraient mes névroses dont une jalousie bien tapie au fond de moi. On apprend avec le temps.

*

* *

Je n'ai pas eu à trahir la promesse faite à Marie. Son internement alimente la rumeur dans tout le petit monde judiciaire et, bien sûr, les amies rappliquent pour avoir des détails. Nous avons donc décidé de dîner pour discuter de son cas. La nature humaine étant ce qu'elle est, certains confrères envieux de son succès se réjouiraient même, les salauds, de sa défaillance. « On l'a toujours soupçonnée d'être timbrée ! » qu'ils disent. C'est pourquoi il faut serrer les rangs et tenter de contrôler les dommages faits à sa réputation. Hélas ! je sais pertinemment que sa brillante carrière est terminée. La Charte des droits, aussi précis que soient ses articles sur la discrimination et aussi redoutables que puissent être ceux qui défendront ses intérêts dans le futur, ne permettra pas de rétablir sa crédibilité, sa réputation. Mais, au moins, le club des copines doit agir.

Pour cette rencontre improvisée, c'est Jeanne, entre deux croisières, qui sera notre hôtesse.

Au dîner, Pauline, l'énervée, a perdu tous ses moyens. Son effondrement fait peine à voir. Claudine, qui a retardé son départ à Princeton où elle participe à un colloque, est, elle aussi, plus affectée que je ne l'aurais cru. Leila se fait discrète, solidaire, mais n'avait pas de relation intime avec Marie. Sean, qu'on a inclus dans notre souper de filles et qui, en temps normal, débarque les bras remplis de petits cadeaux pour le « groupe », est arrivé les mains vides, à part une bouteille de Veuve Clicquot, prix d'entrée de nos dîners. Et on le devine bouleversé. Sa gentillesse avec chacune d'entre nous est réconfortante. Quant à Jeanne, elle est ébranlée mais sa retenue naturelle, son sens des nuances lorsqu'il s'agit de comprendre les perturbations humaines lui donnent un ascendant sur nous.

La soirée s'est prolongée et les bouteilles de Veuve Clicquot – notre mère à toutes, Sean inclus – sont restées intactes. Personne n'avait le cœur à boire.

« Ça peut nous arriver à toutes », a décrété Pauline en début de soirée, sentence qui a jeté un froid sur l'assemblée. Sean, avec beaucoup de délicatesse, lui a demandé :

« Pourquoi dis-tu cela ?

— Parce qu'on peut tous basculer. Ne prétendez pas que vous ne savez pas de quoi je parle.

— Eh bien, pas vraiment », a lancé Jeanne.

Pauline se dévoilait. Son excitation ne m'avait jamais paru suspecte, estimant qu'elle faisait certes un usage démesuré de vitamines, de calmants que je croyais inoffensifs, de somnifères dont elle avait avoué au cours d'un dîner déjanté qu'ils lui servaient de partenaires au lit, ce qui nous avait toutes déridées, mais je n'avais jamais songé à plus grave. Décidément, cette journée n'était pas comme les autres.

Charles aurait souhaité qu'on se voie de nouveau ce soir-là mais, pour être sincère, le dîner « de travail », comme l'avait qualifié Claudine, était une excuse qui m'arrangeait. Malgré le désir de séduire cet amant en l'attachant plus fortement à moi, je sentais le besoin de décélérer. La fusion amoureuse à laquelle j'aspirais, malgré mes peines d'amour passées, m'effrayait par moments. Avancer tête baissée et cœur ouvert dans une nouvelle histoire ne m'apparaissait pas réaliste.

Je voulais bien que Charles succombe à mes nombreux charmes mais je trouvais le côté frénétique du début de notre relation quelque peu exagéré. Par certains aspects, il ressemblait à l'Agnès d'autrefois, qui se croyait en amour après la première nuit et qui s'imaginait quasiment au pied de l'autel ! Une Agnès qui, quinze jours plus tard, apprenait de la bouche du futur divorcé, statut qu'il s'était donné lors du coup de foudre – ou plus exactement de l'éclair sexuel déclenché dans deux corps embrasés –, que quitter sa femme nécessiterait plus de temps. Une collègue avait remporté la palme de la patience en se languissant de son amant durant neuf ans, ce qui signifie qu'elle passait ses vacances, Noël, le Jour de l'An et tous les week-ends et jours fériés seule ou avec des copines sans « son » homme.

Et l'idée de faire languir Charles, de voir ce qu'il éprouvait devant mon refus de le retrouver après la soirée, ne me déplaisait pas. La déception, je l'ai perçue dans sa voix lorsque je l'ai informé par téléphone. Passionnée de pêche, j'ai appris à taquiner le poisson avant qu'il ne morde. La pêche est une activité pédagogique pour les femmes qui peinent à séduire les hommes. Dommage que si peu d'entre elles s'adonnent à ce sport qui conjugue désir, excitation, incertitude, déception mais aussi plaisir à saveur fortement érotique lorsque enfin la proie accroche l'hameçon. Mais, alors, on comprend que le travail n'est pas terminé. Il faut avoir l'habileté de sortir le trophée de l'eau. Une fois dans l'embarcation, il s'agit aussi de décider soit de le garder, soit de le rejeter à l'eau en fonction de ses qualités, de sa taille et de la finesse de sa chair. C'est peu dire que je ne pratique pas la pêche écologique qui consiste à remettre dans le lac tous les poissons capturés, comme si l'on draguait en abandonnant systématiquement ses proies après usage unique ! Mais n'est-ce pas le comble de la déprime affective de notre époque ?

*

* *

Quel réconfort que l'amitié. Nous sommes toutes en état de choc. Assister à l'effondrement de Marie, dont aucune n'avait détecté la détresse, nous renvoie à nos propres failles. Leila, demeurée quasi muette en début de soirée, nous a rassurées à la fin.

« Au Liban, pendant la guerre, j'ai vu des amis proches perdre la raison à cause de la violence quotidienne, parce que des corps jonchaient les rues après les attaques, parce que la mort pouvait nous tomber dessus en un instant. Ce qui m'a toujours fascinée, et qui demeure un mystère, c'est pourquoi les êtres fragiles ne perdent pas tous la tête. Pourquoi Marie et pas nous ? Pourquoi ai-je réussi à surmonter l'horreur, ce qui m'a menée à me réfugier ici, et à recommencer ma vie, quand d'autres flanchaient ?

Pour la première fois, Leila s'ouvrait à nous. Sa discrétion sur son passé m'avait empêchée de lui poser des questions auparavant mais je la considérais comme une survivante et j'éprouvais de l'admiration pour sa capacité de résilience. Et là, elle l'exprimait.

Charles avait lui aussi vécu la destruction de son pays et de sa communauté. Comment pouvait-il se comporter avec autant de grâce, de sérénité, d'empathie ? J'ignorais tout de sa relation avec la Beauceronne et du contexte de leur rupture, mais par quel miracle parvenait-il à dégager une telle force tranquille et à exprimer une passion quasi incandescente après deux nuits avec moi ? J'ai jeté un coup d'œil à mon portable. Un texto de lui était arrivé. « La nuit sera longue », écrivait-il. Sans réfléchir, j'ai répondu : « Je rentre bientôt chez moi. Tu es le bienvenu. » À la vitesse de l'éclair, au point où je me suis demandé s'il n'avait pas écrit son SMS en même temps que je rédigeais le mien, il a répondu par : « J'arrive. »

*

* *

Peut-on parler de retrouvailles après seulement deux jours d'amour précédés de quinze jours de rares et courts textos rédigés en tout bien tout honneur ? À peine étais-je rentrée chez moi, mon manteau accroché, un coup de blush appliqué sur mes joues et un raccord de rouge à lèvres fait, qu'il a sonné. J'ai aspiré l'air comme un marathonien avant de s'élancer et je me suis obligée à ralentir le pas vers la porte d'entrée. Je souriais malgré moi.

Il m'est apparu plus grand que je ne l'imaginais. Avec des yeux affichant une douceur qui m'avait échappé. Avant que j'aie eu le temps de faire le moindre geste, il s'est collé à moi et j'ai failli crier – faiblement – « Pitié » !

La nuit fut courte mais longue en émotions. Comment décrire sa manière de me posséder en s'offrant lui-même à mon désir. Les vrais amants sont silencieux. Nous le fûmes ; des gémissements étouffés, des lamentations de plaisir, des respirations où s'insinuent quelques sanglots et une lenteur capable d'apprivoiser puis contrôler la jouissance annoncée, nos ébats furent au-delà de mes espérances.

Je pense que les bavards sont rarement des amants à la hauteur du plaisir des femmes, mais plutôt des étalons friands de leurs propres copulations. Des stratèges sexuels hantés par leur capacité érectile. Et que dire des vantards affirmatifs – « C'est bon pour toi, chérie ! » – ou des inquiets qui vérifient de minute en minute l'effet de leurs tentatives caressantes : « Ça va ? J'te fais jouir ? » Si les femmes n'aimaient pas autant les hommes, la littérature féminine serait dévastatrice pour eux. Même les consommatrices de sexe pratiquent une forme de retenue envers les peu doués, mal équipés ou défaillants ! Charles, lui, était hors catégorie. Attentif, silencieux, centré sur l'autre (moi) et non sur lui.

Ayant toujours été plutôt réservée sur mes ébats amoureux, je n'en dirai pas plus. Et surtout je m'abstiendrai d'entrer dans le détail avec les amis. Des amants aussi sublimes doivent échapper à l'analyse des copines, placotages qui sont une façon de nous rassurer sur nous-mêmes, d'évaluer nos comportements, de conforter nos réticences plus qu'autre chose. Pauline et Claudine sont douées en la matière. La première n'y va pas avec le dos de la cuiller pour décrire ses amants occasionnels.

« Avec l'âge, nous a-t-elle dit un soir de réjouissances arrosées, j'ai décidé que je ne faisais plus d'effort pour être gentille avec ces messieurs. Fini le suçage pour exciter la bête. Pour un soir, pas question que je me mette en frais. Surtout quand l'homme croit qu'on communie si on accepte de le pomper. Fini aussi les gelées à la framboise, au kiwi, à la poire déposées sur le pénis qui m'ont toujours soulevé le cœur.

— À cinquante-cinq ans, on obtient des cartes de réduction. Je trouve qu'on devrait aussi nous accorder des sauf-conduits face à certaines exigences masculines déplaisantes pour nous, mais excitantes pour eux, et dont ils supposent qu'elles nous font monter au ciel, avait ajouté Claudine, celle douée pour faire pleurer les hommes qu'elle quitte en leur offrant à chacun un roman… d'amour. Selon leur intérêt, son choix est large, de *Belle du Seigneur* à *L'Amant de Lady Chatterley*, des *Souffrances du jeune Werther* à *L'Insoutenable Légèreté de l'être*. Sauf exception, elle réussit quand même l'exploit de maintenir les liens d'amitié – élastiques certes, mais sincères – avec eux. Spécialiste de littérature comparée, elle calque sa vie sur les romans. J'ai l'impression que sa passion littéraire se confond totalement avec sa vie amoureuse. Elle rassemble toutes les héroïnes en sa personne.

*

* *

Lors du dîner, comme Marie nous perturbe et nous inquiète, j'ai proposé d'annuler la croisière, ce cadeau d'anniversaire que comptaient m'offrir les femmes de ma vie. Elles comprennent et acquiescent. Et moi, je suis soulagée. En vérité, même sous la torture, je n'admettrai jamais que l'apparition de Charles et l'espoir que cette liaison se poursuive m'enlèvent l'envie (certes déjà très mitigée) de grimper vers le pôle Nord !

Force est d'admettre que je suis peu à peu en train de modifier mon agenda pour y insérer des plages de plaisir en lieu et place des engagements amicaux et professionnels. D'ordinaire sérieuse, voire ennuyeuse, un glissement surprenant survient chez moi. Je m'ennuie de Charles dès qu'il n'est plus dans mon champ de vision et, au bureau, les articles du Code civil s'envolent sous mes yeux dès que je songe à lui, ce qui m'oblige à une relecture répétée. Je connais trop bien ces symptômes pour ne pas m'inquiéter un peu !

Pire, je n'ai pas retrouvé le message laissé sur mon portable par ma propre fille, la mère de mon petit-enfant à naître ! Il m'est complètement sorti de l'esprit. Si Éléonore exagère dans son jugement sur moi, cet oubli, impardonnable vu les circonstances, m'oblige à affronter la réalité : je lui garde rancune de m'avoir empoisonné l'existence durant tant d'années. D'avoir pris le parti de son père, dont elle ignorait le caractère égocentrique et les infidélités épisodiques qui ont mené à la rupture de notre mariage. Le bonheur qui pointe à l'horizon grâce à Charles devrait toutefois m'aider à faire la paix avec elle. Car si j'ai toujours eu l'intuition que je serais une mère compliquée, si j'ai douté avant d'être enceinte d'être un jour physiquement capable de porter un enfant, ces neuf mois furent pourtant parmi les plus épanouis et apaisés de mon existence. Je ne me suis pas ennuyée une seule seconde. Je parlais à Éléonore, décrivant les lieux où je circulais, les gens que je côtoyais, je la caressais, lui chantais des comptines et riais de bon cœur afin qu'elle perçoive les contractions de mon visage. Mais, dès qu'elle est apparue, le fil de ce long tête-à-tête s'est cassé. Elle m'a échappé.

Chapitre 8

Marie vit hors du monde, enfermée dans une prison chimique. N'étant pas de sa famille, aucune d'entre nous n'est autorisée à entrer en contact avec ses médecins. J'avoue que ce huis clos nous accommode, car après la première stupeur ressentie, c'est le malaise qui nous a envahies. Nous éprouvons d'ailleurs le besoin de parler presque quotidiennement de ce sujet.

Claudine, par exemple, m'a demandé hier tout de go : « As-tu déjà craint de devenir folle ? » J'ai répondu par la négative mais je mentais.

Je me suis rappelé qu'à la fin de l'adolescence, après ma première peine d'amour, alors que durant des semaines la douleur me réveillait la nuit, j'ai espéré perdre la raison, ne m'imaginant pas capable de survivre à ce déchirement. Six mois plus tard, un grand escogriffe, ni beau, ni séducteur, mais distrait, drôle et illuminé, a croisé ma route. Il m'a convaincue que l'indépendance du Québec métamorphoserait la société et nous affranchirait tous, en particulier nous. J'hésitais à me donner à lui, mais en adhérant au mouvement indépendantiste dont il était l'un des chantres acharnés, je lui ai, une nuit d'hiver, au cœur d'un chalet sans chauffage emprunté à un copain militant, offert en prime ma virginité. Il s'est révélé doux, patient, doué pour contenir son ardeur et son plaisir. Cette première nuit d'amour a alterné baisers, caresses et discussions politiques. Le lendemain matin, frigorifiée au fond du sac de couchage malgré le feu de cheminée crépitant, j'étais totalement convertie à sa cause. J'ai donc adhéré au Québec libre en perdant ma virginité sans le moindre regret, malgré la morale de l'Église qui sévissait. Il se prénommait Jean. Suite au voyage historique de De Gaulle au Québec, Jean se rebaptisa Jean-Charles. Un Jean-Charles qui m'avait dépucelée et par là même guérie du premier amoureux qui m'avait donné congé. La peur de devenir folle s'est du coup éloignée, ne réapparaissant que beaucoup plus tard lorsqu'un cataclysme amoureux m'est tombé dessus : mon 11 Septembre personnel ! C'est suite à ce malheur que le travail m'est devenu essentiel, compensation qui a permis à mon époux de s'attribuer un passeport d'infidélités tous azimuts.

Cela dit, mon aversion des regrets amoureux, amicaux et professionnels me permet d'échapper à l'enflure émotionnelle dans laquelle nous sombrons parfois. Comme le malheur des uns fait celui des autres, l'amitié entre nous, le partage de nos expériences et nos libérations personnelles nous affranchissent de ce travers. Et apportent des plaisirs qui ajoutent à l'euphorie de vivre. Le décrochage de Marie nous force cependant à plus de retenue dans nos propos souvent jubilatoires.

*

* *

Jeanne m'a informée qu'Éléonore, qui la connaît depuis sa naissance, vient de l'appeler. En pleurs. Ma fille prétend m'avoir laissé des messages et des textos sans obtenir de réponses. Comme il m'arrive par inadvertance d'effacer ces derniers, j'avoue ma faute. Du coup, la culpabilité reprend ses droits. Après quelques tentatives pour la joindre au téléphone sans laisser de message – j'ai développé une phobie à ce sujet par rejet des excès des clients en la matière –, j'ai fini par lui parler. Sa voix larmoyante m'a annoncé le pire.

« Que se passe-t-il, chérie ? »

Comme je le craignais, l'attaque fut aussi rude que subite.

« Que tu sois une mère dysfonctionnelle, je l'ai toujours su et j'ai surmonté cet obstacle. Mais jamais, au grand jamais, je n'aurais cru qu'enceinte tu te désintéresserais de moi. J'te préviens, maman : si tu persistes à ne penser qu'à toi, à tes amours, à tes amies, tu cours le risque de ne jamais connaître tes petits-enfants ! »

Une tirade suivie de cris ! Tout enceinte qu'elle soit, j'ai raccroché.

Après quelques minutes, je me suis ressaisie et j'ai recomposé son numéro. En vain. Ma journée allait être gâchée. Par ma faute, ma très grande faute. Et dans l'état d'esprit où j'étais, je n'osais laisser Charles venir occuper mes pensées. Aucune joie ne pouvait espérer m'habiter avant que je ne retisse le lien rompu avec Éléonore. J'avais ranimé sa rage envers moi, j'en étais plus que désolée mais il me fallait découvrir les chemins (sinueux) capables de me reconduire vers elle, sans me laisser égarer vers d'autres voies. L'idée que l'enfant qu'elle porte puisse ressentir ces émotions négatives m'était insupportable. Je souffrais de la peine causée à mon petit-fils ou ma petite-fille. Indigne d'être grand-mère, je me détestais.

Alors, j'ai texté à Charles : « Impossible de te voir ce soir. Ne t'inquiète pas, t'expliquerai tout. Baisers affectueux. A. » De quoi l'inquiéter sans aucun doute. Puis je me suis précipitée au bureau pour retrouver des dossiers urgents où engloutir mes peines jusque tard dans la soirée. J'avais même pris la précaution de mettre mon iPhone en mode avion.

Après une nuit à tourner dans mon lit, je me suis levée. Épuisée. Pleine d'appréhension, j'ai pris mon courage à deux mains et ouvert mon portable. Deux appels en absence de Charles, quatre messages d'Éléonore et un de mon gendre Léo. L'idée d'avaler un somnifère et de m'enfouir sous la couette pour échapper aux reproches m'a frôlé l'esprit, mais, en femme de devoir, rationnelle, responsable et, inutile de le cacher, soucieuse de gagner sa vie, j'ai réagi. Je me suis traînée vers la salle de bains ; aller au bureau, impossible d'y échapper. Et là, par inadvertance, je perds pied et m'étale de tout mon long sur le sol en céramique.

Heureusement hyperlaxe, j'ai évité une chute brutale en me laissant couler vers les dalles pour éviter toute fracture. Si je ne me suis rien foulé ou cassé, une brisure plus profonde s'est ouverte en moi. Prise de découragement, je suis restée au sol, étendue les bras en croix, et des larmes ont perlé. J'ai pleuré de longues minutes sur mon sort de mère indigne et mes errances d'amoureuse en train de saboter une grande histoire avec un homme trop enveloppant pour moi.

Mais en arrivant au cabinet, une surprise de taille m'attendait. C'était Charles.

*

* *

Dès qu'elle m'a vue passer le bout du nez, mon assistante m'a informée qu'elle avait installé mon « ami » dans mon bureau, ayant d'emblée deviné que cet homme n'était pas un client tant il est impensable de laisser un étranger dans une pièce où traînent des dossiers confidentiels. J'ai rejoint mon visiteur, envahie d'émotions partagées. Charles franchissait la frontière de mon territoire professionnel sans prévenir, et je n'appréciais pas. Mais, dès que je l'ai aperçu, j'ai compris qu'il était rongé d'inquiétude.

« Agnès, a-t-il dit d'entrée de jeu, tu ne peux pas t'éclipser sans un mot d'explication. J'ai à peine fermé l'œil cette nuit. Que se passe-t-il ? »

Bouleversée, je me suis rapprochée de cet homme sensible, sincère, attendrissant, viril mais incapable de supporter mes états d'âme. En fait, il réagissait comme une femme alors que moi je jouais avec lui comme ces machos qui mettent de la distance, hésitent, fuient l'engagement. « Baisers affectueux », avais-je texté, alors que j'aurais dû passer un coup de fil. « Ne t'inquiète pas » : pourquoi avoir écrit cette méchanceté ? Je devinais qu'il serait inquiet, nos nuits d'amour témoignaient de ses sentiments à mon endroit puisque, avec l'âge, on fait l'économie du « Je t'aime », le passé nous ayant appris la gravité, la manière d'user de ces mots, mais je m'étais comportée en égoïste. J'aimais cet homme sans l'avouer, de peur de briser le mystère. Et lui m'aimait comme je n'imaginais plus être aimée. Était-ce précisément cela qui me terrifiait ?

Il se laissa approcher sans faire un geste.

« Nous n'avons pas d'autre choix, Agnès, que de décider maintenant de l'avenir de notre histoire. Ton silence m'en a convaincu. Je suis envahi par toi mais il me sera impossible de supporter des fuites, des silences sans explication. Alors, il va falloir choisir. »

En l'écoutant, je me suis mise à trembler, submergée par des émotions qui se télescopaient. Je n'osais le toucher de peur qu'il ne me repousse, mais je comprenais que si je ne faisais rien j'allais le perdre.

« Je suis désolé pour toi et pour moi, mais j'ai donné dans la souffrance par le passé, Agnès. Tout a été trop vrai entre nous pour que j'accepte qu'on m'écarte ou me laisse en plan sans nouvelle, que tu me fasses languir. À toi de décider. De te décider. »

En cet instant, dans un éclair de lucidité, j'ai su que j'allais détruire le meilleur de moi-même, le plus beau de nous deux.

Dépité par mon silence, par ma paralysie, il a ouvert les bras comme si, impuissant, il me laissait aller vers mon destin sans lui. Une longue plainte s'est étranglée dans ma gorge et un déclic a résonné en moi : j'ai avancé vers Charles en fermant les yeux afin de perdre pied dans ses bras.

Nos corps sont restés de longues minutes collés l'un à l'autre, chacun de nous partageant ce silence bienheureux où s'entendaient les mots d'amour que nous ne prononcions pas. Puis, imperceptiblement, le désir a repris ses droits. Nous nous sommes gardés de nous embrasser, le lieu ne se prêtant guère à un incendie. Mais la flamme s'élevait. « Je t'emmène », a-t-il soufflé à mon oreille. Je me suis recomposé une attitude, j'ai remis le masque de l'avocate sûre d'elle, en pleine possession de ses dossiers, et nous avons quitté le bureau.

« Nous avons un rendez-vous important, annulez tout », ai-je ordonné à mon assistante.

Une fois dans l'ascenseur où par miracle à cette heure nous étions seuls, il m'a plaquée contre la paroi sans ajouter le moindre geste déplacé. Une fois dans le taxi, nous sommes restés muets mais l'air se raréfiait au point que j'ai craint une remarque du chauffeur.

Ce fut ma dernière réaction distanciée de la journée. En mettant le pied dans mon appartement, nous avons perdu toute notion de temps. À dix-neuf heures quatorze – ma montre était posée sur la table de nuit –, nous avons émergé.

« J'ai faim », a grogné Charles. Misère, le frigo était vide, habitude liée à ma vie de solitaire. Comme je gardais cependant des pâtes de dépannage, des œufs, du parmesan et de la crème, j'ai lancé :

« Une carbonara pour monsieur ?

— Tu souhaites me redonner des forces ?

— C'est bien connu, les femmes sont passives dans l'amour. J'en suis la preuve vivante, n'est-ce pas ?

— T'es la reine des abeilles, en vérité. Tu fais travailler le bourdon ! »

J'ai songé alors qu'à nous deux nous avions cent vingt ans et éclaté d'un rire cristallin, le rire le plus pur depuis ma première coupe de champagne : j'avais à l'époque vingt-deux ans.

Ce soir-là, après les pâtes réussies à la perfection et une bouteille de puligny-montrachet bue dans le même verre à sa demande, Charles a décrété que nous étions désormais fiancés. N'ayant jamais coché cette case de ma vie, même avant mon mariage, j'ai protesté pour la forme mais souri.

« On est trop vieux. »

Ce à quoi il a répondu :

« Eh bien, on se mariera plus vite. »

Si je n'avais pas été assise, je serais tombée de ma chaise.

*

* *

Hélas, ce bonheur ne pouvait effacer le psychodrame déclenché avec Éléonore. J'ai consulté mon portable. Trois nouveaux messages d'elle et deux coups de fil de son chéri s'affichaient pour m'accabler et ennuager cette journée où ma vie prenait un virage si imprévisible.

« Ça te dérange si je parle à ma fille ? Cela risque d'être assez long.

— Tu as besoin d'être seule, chérie, et il serait plus sage que je rentre chez moi. Je pars pour deux jours à New York demain. »

J'aurais dû me taire. Dormir avec Charles, traverser cette nuit apaisée à ses côtés, tel était mon désir. Mais allais-je laisser Éléonore dans ses tourments ?

Charles s'est habillé rapidement. Il irradiait.

« Je t'appelle de l'aéroport demain en espérant que tout va s'arranger avec elle. »

Je m'étais abstenue de lui confier mes soucis maternels mais rien de moi ne semblait lui échapper. Comme s'il ressentait ce qu'il ignorait.

« Je te décrirai un jour mes relations compliquées avec Éléonore.

— Je suis désolé pour toi, Agnès, mais je ne veux pas m'immiscer dans ta vie passée. J'observe que toutes les mères se plaignent de leurs enfants, leurs filles en particulier. »

*

* *

« Éléonore, c'est maman. »

À l'autre bout du fil, je devais m'attendre au pire. Et ce fut le cas.

« C'est la dernière fois que je te parle, a-t-elle assené, la voix glaciale. T'es en train de bousiller ma grossesse. Tu ne réponds pas à mes appels ni à ceux de Léo. Tu sais, je ne suis pas psychologue par hasard mais pour tenter de comprendre tes névroses. Et pour essayer de m'en sortir, de gérer au mieux l'héritage terrible que tu m'as transmis. Mais j'ai décidé que ton égoïsme, ton indifférence s'arrêteraient à moi et que mes enfants n'auraient pas à subir tes tyrannies. Léo m'appuie. Et je te préviens : n'essaie pas de le convaincre en recourant à tes talents de maudite avocate sans cœur. »

Et elle a raccroché sans que j'aie pu placer un mot. Pour être franche, j'étais plus en colère que blessée. Que ma psychologue de fille instrumentalise son futur enfant afin de me blesser me renversait. Il me fallait parler à Léo au plus tôt. Mais auparavant je me suis remise au lit et j'ai respiré les draps pour que le parfum du corps de Charles soit ma dernière sensation avant de dormir.

*

* *

À cinq heures du matin, réveil. J'ai ouvert mon ordinateur afin de lire les journaux et mes messages. J'avais un courriel de Pauline, envoyé trois heures plus tôt. Je ne la savais pas insomniaque. « J'ai besoin que tu éclaires ma lanterne », écrivait-elle avec ce style désuet qui la caractérise, d'expressions trahissant à la fois son âge et son désir de se démarquer des autres. Pour justifier son avarice – elle nous gratifie chacune de cadeaux recyclés –, elle répète par exemple : « Pierre qui roule n'amasse pas mousse. » À un anniversaire, elle m'avait offert un vase en cristal massif (je déteste), signé Baccarat. Quand je l'ai rapporté à la boutique chic où elle l'avait supposément acheté en vue d'un échange, la vendeuse, à la gentillesse snobinarde, m'avait dit en ressortant de l'arrière-boutique… que « le vase avait déjà servi ». Et de me montrer des gouttes de cire et des égratignures sur le cristal alors que j'avais laissé l'objet dans sa boîte tapissée de velours digne d'un mini-cercueil. Pauline avait fait fort ! Je n'avais pu m'empêcher d'éclater de rire, sous le regard mi-amusé, mi-gêné de madame Baccarat !

Bref, elle voulait que « j'éclaire sa lanterne ». Sur quoi ? Son nouveau béguin ? Un déjeuner d'info s'imposait.

*

* *

En fin de matinée j'ai réussi à joindre Léo au téléphone et nous sommes convenus de prendre un verre le lendemain. « Votre fille est très tendue. Il faut l'excuser. Ça va lui passer », m'a-t-il dit. Le cher garçon est amoureux fou. Quelle veine a Éléonore. À croire que ce sont toujours les mégères qui attirent les doux et tendres !

Chapitre 9

La lanterne que Pauline me demande d'éclairer concerne donc son nouveau coup de cœur, un ancien joueur de hockey qui a eu, elle n'en est pas peu fière, son heure de gloire voilà trente ans avec les Blackhawks de Chicago. Il mesure toujours un mètre quatre-vingt-sept, mais, comme me l'a expliqué mon amie autour d'une choucroute arrosée de deux bouteilles de riesling dont elle a bu les trois quarts, les sportifs retraités de haut niveau ont tendance, avec l'âge, à perdre leur masse musculaire pour gagner en gras, sur l'abdomen précisément. « Kevin est passé de quatre-vingt-cinq à cent deux kilos. C'est toute une pièce d'homme. J'ai intérêt à ne pas devenir anorexique. »

En ne me voyant ni rire ni applaudir, Pauline ne comprend pas que je ne sois pas impressionnée par une telle prise.

« Impossible que tu ne le connaisses pas, il a gagné le prestigieux Trophée Hart du meilleur joueur dans les années quatre-vingt. » J'ai beau expliquer que le hockey ne m'intéresse plus depuis quarante ans, elle n'en démord pas. Attirée par les vedettes, depuis sa déconvenue avec un musicien de l'Orchestre symphonique de Montréal, Kevin est son premier trophée d'importance. Que je ne m'enthousiasme pas la blesse. « Tu vis dans quel monde ? » a-t-elle demandé. Je me désole de ses déboires et de ses échecs mais l'amitié, à mes yeux, n'oblige pas à se pâmer sur les hommes, volatiles, de la vie de mes chères copines. Or voilà-t-il pas que Pauline exige, comme preuve amicale, que je prenne un verre avec elle et sa flamme, sobriquet par lequel elle désigne son armoire à glace de joueur ! On voit qu'elle ignore, comme toutes les autres sauf Leila, que le plus séduisant des Libanais est entré dans ma vie. Sans quoi elle organiserait un dîner à quatre.

La faiblesse de Pauline réside dans son incapacité à comprendre que ses propres emballements ne sont pas forcément contagieux. Que mêler les conjoints de nos amies à nos rencontres briserait tout, que s'efforcer de trouver attirants, drôles ou mystérieux des types dont on sait, à travers certaines confidences, qu'ils sont en vérité faiblards au lit, n'a rien d'attirant ni d'utile. Elle néglige que nombre de femmes ménopausées s'excitent davantage pour un repas sublime qui les mène à l'orgasme culinaire partagé avec des gens intelligents qu'à l'idée d'entendre parler des ébats d'andropausés sur le retour. Bien sûr, les vieux maris qui ont donné à leurs épouses leurs meilleures années de sexe, d'amour et de revenus mais perdent de leur performance en vieillissant, on les plaint, mais se pâmer pour un béguin incertain lasse.

Pauline, au visage d'une belle pomme d'automne et au corps raffermi par l'exercice et quelques travaux esthétiques mineurs, s'acoquine avec des sportifs en désuétude et je le regrette. En se polarisant sur le statut et les muscles, elle passe à côté de l'amour.

« C'est pas facile de trouver un homme, dit-elle comme si elle saisissait mes doutes. Sur Internet, je ne m'y risque pas, trop dangereux. T'as lu l'histoire de cette femme assassinée par un malade qui l'avait draguée sur les réseaux sociaux ? Moi, j'ai rencontré Kevin dans un salon funéraire où j'accompagnais une copine qui visitait une vague cousine décédée subitement. Il était là pour un autre mort. On s'est croisé à l'extérieur, lui pour fumer, moi pour vapoter. Comme quoi, la cigarette a du bon. »

Nerveusement, je me suis pincé les lèvres pour ne pas rire de l'absurdité de la situation.

J'ai peu de points communs avec Pauline, pourtant je suis attachée à elle. Imprévisible, d'une naïveté déconcertante, même ses défauts et ses failles me fascinent. Sa radinerie n'en finit pas de me surprendre non plus. Elle est la seule à arriver dans un dîner avec une mini-boîte de quatre chocolats. « Les meilleurs et les plus chers en ville », précisera-t-elle en plus. Elle nous a fait à toutes le coup de débarquer avec une bouteille de mousseux à quinze dollars en clamant : « Tiens, je t'ai apporté du champagne rosé. » Si on découvre la supercherie, elle dira : « Oh mon Dieu, le caissier s'est trompé. » Et nous, habituées à ses faux cadeaux, nous n'insistons pas. Le pire, c'est qu'elle croit nous confondre. Et ça, depuis des années ! Pourtant, aucune de nous n'a envie de la mettre à l'écart. Pauline ajoute ses névroses aux nôtres. Et surtout, personne ne peut être indifférent à son combat contre la dépression. Cette avaricieuse est avant tout une écorchée de bonne humeur ; à ce titre, nous l'affectionnons.

*

* *

J'ai grandement apprécié mon tête-à-tête avec Léo, bien que sa discrétion et sa timidité intimidante n'aient pas facilité le début de la conversation. Je n'avais pas l'intention de boire d'alcool durant notre rendez-vous mais, à l'évidence, un cocktail saurait nous détendre et délier les langues. Après deux Cosmopolitan, j'étais parvenue à lui soutirer quelques aveux ! Qui corroboraient mes craintes.

Léo s'inquiète pour Éléonore. « J'aurais cru que la grossesse la calmerait. Je l'espérais mais c'est l'inverse. J'ai donc besoin de votre aide, Agnès, même si l'idée que votre fille découvre notre complicité me terrorise. Si, par exemple, elle savait qu'on se voit aujourd'hui, je n'ose imaginer ce dont elle serait capable.

— Comment puis-je intervenir ? ai-je dit.

— Offrez-lui de passer deux jours seule avec elle dans un spa à la campagne.

— Pourquoi pas ? Je peux réserver pour le week-end prochain, ai-je bredouillé.

— Ce qui la toucherait vraiment, ce serait que vous preniez congé de votre bureau. Sa réaction est enfantine, peut-être, mais elle se croit dur comme fer moins importante dans votre vie que votre travail. »

La claque. Je ne m'attendais pas une seconde à ce genre de remarque. Ainsi donc, ma petite fille de trente-trois ans rêve encore d'une maman rien que pour elle. Cette détresse me touche, me déstabilise aussi, me culpabilise encore, bref me plonge dans le malaise. Ma féministe d'Éléonore, psychologue patentée, pose sur mon parcours de battante émancipée un jugement brutal. Elle aurait désiré une mère au foyer, en somme. Ce qui signifie que ma réussite professionnelle lui porte ombrage depuis toujours et, pire, qu'elle a gâché sa vie !

« Croyez-vous, Léo, que j'aie été une mauvaise mère ? »

Mon beau-fils a accusé le coup. Il faisait même pitié à voir, et je me suis immédiatement excusée de ma question.

« Ne répondez pas, je vous prie. Ce que vous me rapportez m'interpelle. Mais si vous estimez que deux jours d'arrêt de travail qui me compliqueront la vie rassureraient Éléonore, alors je vous écouterai. »

En nous quittant, Léo m'a prise dans ses bras ; je crois bien que c'était la première fois.

« Agnès, vous avez été une mère aimante. J'aurais aimé être votre fils. Éléonore vous idolâtre mais elle est possessive et fragile. J'en sais quelque chose : elle est la femme de ma vie, sans elle je serais perdu, mais nous devons l'aider. Vous pouvez compter sur moi : nous sommes une famille désormais. »

Ce Léo pas adulte pour un sou m'a conquise sur le coup et je comprends mieux pourquoi ma fille l'a choisi.

*

* *

Coup de fil de Charles en début de soirée.

« Je rentre demain soir, ma chérie. Les heures sans toi sont éprouvantes même si je suis en train de conclure un contrat important dont je te parlerai. »

À ce jour, nous avons seulement parlé de nous, aussi je ne suis pas sûre que partager nos soucis et les plaisirs de nos métiers respectifs soit l'idée du siècle. Avide de caresses, je me languis de lui et rien de la réalité quotidienne ne doit altérer cette sensualité retrouvée. Avec mon beau Libanais, je souhaite être une femme exclusivement désirable. La superwoman peut prendre congé !

*
* *

« Éléonore, ne raccroche pas, je t'en supplie. »

J'avais à moitié gagné puisque ma fille avait décroché en dépit du fait que mon nom s'affichait sur son écran.

« Je veux m'excuser pour tout, ma chérie. Ta mère est plus qu'imparfaite. Ça va ?

— Tu sors tes armes de séductrice avec moi, ça promet, dit-elle, à la fois acerbe et détendue, ce qui dans son cas ne ressemble en rien à la détente des joviaux de nature.

— Que penserais-tu de deux jours dans un spa de ton choix, en dehors de la ville, avec ta mère ? Je prendrai même un congé pour te chouchouter.

— Tu veux dire que tu saurais faire le deuil de deux jours ouvrables de ton précieux job ? »

J'ai mordu l'intérieur de mes joues pour ne pas lui rétorquer que ce job l'avait nourrie et éduquée et ai répondu, avec de la lumière dans la voix :

« Eh bien oui, ma chérie. »

Un soupir. J'ai su que c'était gagné.

« Oh maman, quelle bonne surprise. Je te laisse parce que je veux tout de suite l'annoncer à Léo. Et je te fais confiance pour le spa : tu peux prendre le plus chic et le plus cher, ça ne me dérange pas. Tu choisis les dates, ce sera bon pour moi. À condition que tu me donnes une semaine pour aviser mes patients. Je t'embrasse et je t'aime, maman ! »

Émue, j'ai mis quelques minutes avant d'absorber ce bonheur. Je ne me souvenais pas quand ma fille m'avait dit : « Je t'embrasse et je t'aime » !

*
*   *

Charles revient de New York ce soir et insiste pour que je le rejoigne chez lui.

« J'ai fait préparer des plats libanais que tu ne connais pas, j'en suis sûr. Il faut que je te surprenne, n'est-ce pas ? Ne m'as-tu pas dit, dans un moment de léger égarement, que les hommes sont trop routiniers ? »

Je crois même lui avoir précisé, évoquant des couples autour de moi ayant éclaté à l'initiative des épouses, que ces dernières quittaient leurs conjoints parce qu'elles s'ennuyaient à mourir avec des compagnons devenus par trop sédentaires. Souvent, un homme dit adieu à sa femme à cause d'un tsunami de testostérone, en raison du besoin de prouver que son pouvoir de séduction subsiste et éblouit les jeunes femmes, pour ne pas se faire remettre à sa place par celle qui n'a plus la patience d'écouter ses exploits professionnels ou sportifs radotés depuis vingt ans. Mais d'autres attendent, passifs, que ce soient les femmes qui prennent l'initiative de la rupture, la désorganisation matérielle de leur vie ronronnante les angoissant d'avance. Or, contrairement à eux, les femmes libérées n'attendent pas d'avoir un compagnon dans leur champ de vision pour dire « bye bye ». Les indépendantes financièrement quittent par insatisfaction sentimentale, d'un coup, alors que les hommes trompent leur ennui en passant d'une chambre à coucher à une autre sans transition, peu importe que le mobilier soit de qualité : ils sont incapables de vivre sans nous.

Mes quelques nuits d'amour avec Charles se sont jusqu'ici déroulées chez moi. Par expérience, je sais que les hommes vivant seuls, sauf les gays, n'ont pas d'attirance particulière pour la décoration. Résultat, leur intérieur est souvent d'une banalité affligeante, copies des pièces de démonstration des boutiques d'ameublement. Des célibataires reproduisent même, selon le budget, les chambres d'hôtel qu'ils fréquentent pour le travail. Et si l'on va chez eux, on passe du motel deux étoiles au palace de luxe. Ils se déposent dans un lieu, ne l'habitent pas. Si je suis touchée que Charles veuille m'emmener dans son intimité, je redoute d'avance une déception esthétique et, pire, de m'y sentir étrangère. Autre possibilité, un intérieur chargé, décoré de tapis orientaux, alourdi de meubles imposants ou recouverts de tissus sombres, aussi sublimes soient-ils. J'étouffe dans ces décors lourds, tamisés, envahis d'objets. Cette esthétique, je l'apprécie au Maroc, au Liban, en Inde mais pas chez moi où, six mois par an, l'hiver, il fait noir à quinze heures trente. Les Nordiques ne fuient pas le soleil, ils le supplient d'être au rendez-vous.

Quelle beauté ! Quelle élégance ! Avant d'entrer chez Charles, j'ignorais son audace, son raffinement et son talent pour la décoration. Je suis emballée. Son appartement, tout blanc, lumineux et sans la moindre faute de goût, je l'adore. Au premier coup d'œil, j'ai été convaincue que Charles était le seul maître d'œuvre de cette spectaculaire réussite. Certes, j'avais remarqué les détails de son habillement : des costumes discrètement chics, des chaussettes roses ou mauves, des chemises ajustées aux tissus raffinés, des sous-vêtements de marque italienne à quarante dollars pièce et une Patek Philippe, la plus mince, la plus sobre, qu'il retire de son poignet avant de faire l'amour « pour ne pas égratigner ta peau si douce », mais de là à penser que son intérieur était aussi raffiné que ses manières...

Nous avons vite abandonné les mets goûteux, le désir se faisant aussi pressant qu'intolérable. Nous avons émergé à une heure du matin, affamés après des ébats au cours desquels je crois sincèrement que la foudre du plaisir m'a fait perdre conscience durant quelques secondes. Charles ayant décrété que nous devions reprendre des forces, je me suis laissée glisser hors du lit, les cheveux en bataille mais le cœur en bandoulière prête à dégainer encore et encore. Et nous avons fait honneur à son traiteur.

*
* *

Revers de ce bonheur intense, mes amies s'interrogent et se plaignent de mon manque de disponibilité. Comme je les ai habituées à répondre aux appels, textos et courriels avec promptitude, dorénavant c'est un détachement nouveau qui domine. Dont Charles est

100 % la cause. Non seulement je m'ennuie hors de sa présence, mais quand j'anticipe le moment où nous devrons nous séparer pour retourner à nos occupations, j'éprouve d'avance l'absence qui surgira... même s'il est à mes côtés. C'est grave, je le sais, mais Charles et moi vivons en osmose. Lui-même est enfiévré. Il sourit même quand j'écoute en voiture un vieux CD de Michel Sardou, me prenant à chanter à tue-tête : « Elle court, elle court, la maladie d'amour, dans le cœur des enfants de sept à soixante-dix-sept ans. »

*

*   *

Que dirait Leila ? Par chance, elle est en Floride pour quelques semaines, où elle cumule travail et soleil. Je la préfère loin, Charles ne cessant d'évoquer la possessivité de sa cousine préférée. « Elle s'est réjouie lorsque ma femme m'a quitté », m'a-t-il confié en riant. Un rire qui me rassure à peine, puisque je me surprends à éprouver envers elle une jalousie dont j'ai toujours claironné qu'elle était contre ma nature. Ce trait de personnalité si haïssable surgirait-il avec l'âge ? Quelle vilenie !

Marie, quant à elle, demeure en cure fermée, ce qui signifie que son état ne s'améliore guère. Jeanne a tenté d'avoir de ses nouvelles par une camarade de collège, psychiatre rattachée à l'hôpital où elle est internée, mot que la rectitude politique a banni dans notre royaume de têtes toujours heureuses et de candides dans le déni. Sans succès. Et si Pauline a décrété, au début de l'internement, que Marie faisait simplement un « gros burn-out », depuis elle évite de minimiser la gravité de la situation.

Bien sûr, mes amies me manquent, mais je ne veux pas leur jeter Charles en pâture. J'ai glissé à Jeanne, mine de rien, que j'avais croisé un homme « intéressant et libre », car elle est la plus discrète des curieuses de notre cercle de potineuses. De fait, elle n'a pas cherché à en savoir davantage, me connaissant trop bien : je parlerai quand je l'aurai décidé. Sa délicatesse m'incite à renouer. Je programme donc un dîner à la maison pour dans dix jours, période où Charles sera à Toronto : ce chéri m'ouvre désormais son agenda comme son cœur ! Soit dit en passant, je me demande parfois si je ne le magnifie pas un peu trop, même l'idolâtrie comporte des degrés ! Une chose est sûre, je vais réserver son traiteur. Et celle qui devinera pourquoi le repas est libanais aura droit à un début de confidence.

Jeanne, Pauline, Estelle – dont je n'avais pas de nouvelles depuis des lunes –, Claudine et Sean ont accepté avec une joie non feinte l'invitation. « Enfin ! » s'est même écrié ce dernier. Seul bémol, Estelle a demandé d'amener sa nouvelle conjointe et j'ai refusé. « Sean sera là ? » a-t-elle interrogé. « Oui, mais seul. » Cela a semblé la satisfaire. « On a trop de choses en commun et d'expériences à partager pour introduire un inconnu », ai-je ensuite justifié. Avec Estelle, mieux vaut mettre des gants blancs sur certains sujets sous peine, contrairement à Sean, de passer pour homophobe. Une vraie militante musclée… sans jeu de mots !

Chapitre 10

Croyant ajouter une saveur de vacances à notre séjour au spa, j'avais réservé – obéissant à Éléonore, c'est-à-dire sans la consulter – un hôtel mythique dans l'État de New York, situé à deux heures de Montréal. Heureusement, mon intuition m'a incitée à l'en informer au préalable, car elle s'est montrée si stressée en apprenant la destination que j'en ai perdu mes moyens.

« Mais maman, je ne veux pas traverser la frontière. S'il m'arrive un malaise et que je doive consulter un médecin, ça me coûtera la peau des fesses. J'ai pas d'assurance pour les États-Unis. »

Comme il est inutile de tenter de la raisonner, j'ai battu en retraite et lui ai offert d'annuler. Ce qui fut approuvé et fait dans l'heure suivante.

« T'as le don de désirer pour moi ce qui ne m'arrange pas ou me déplaît, grogna-t-elle, d'une totale mauvaise foi. C'est pas compliqué quand même de réserver dans les Laurentides, qui sont à une heure de Montréal. C'est fou comme la simplicité ne t'est absolument pas naturelle, maman. Le spa que t'avais choisi est fréquenté par toutes les rock stars, les footballeurs et les VIP américains et moi, je veux de la tranquillité.

— Je l'ignorais, ma chérie.

— Impossible, maman, tu mens. Tout le monde est au courant. Demande à tes amies, tu verras. Peut-être ignores-tu aussi qui est Céline Dion ? »

J'ai fait un effort surhumain pour demeurer calme, légère, voire enthousiaste.

« Tu es très drôle parfois, ai-je juste commenté.

— Je suis extrêmement drôle avec mes amis et mes collègues. Il n'y a qu'avec toi que je deviens inhibée. Un conseil : fais un peu d'introspection puisqu'une thérapie à long terme serait peu efficace compte tenu de ton âge et de ton tempérament. »

J'ai encaissé le coup sans émettre le moindre commentaire. Éléonore a décrété alors qu'elle allait réserver dans un « endroit chouette ».

C'est ainsi que nous nous sommes retrouvées dans une auberge improbable située dans l'un des villages les plus banals des Laurentides. Le personnel soignant était composé d'une ex-réflexologue, d'un ancien aide-infirmier et d'une artiste conceptuelle recyclée, faute de contrats, autant de personnes à la voix basse qui chuchotaient « Je vous souhaite un bon massage » avant de nous enduire le corps en appliquant par pincements légers des huiles essentielles, à mes yeux inutiles. Nous avons bien sûr mangé végétarien, qui plus est hypocalorique, sans gluten, sans sucre ajouté et forcément sans sel. Les boissons allaient du thé aux sapinages aux tisanes inuites, dont une à la camarine noire et un mélange arctique composé de pédoncule de fleurs et de feuillage d'Ukiurtatuq. Un calvaire. Ma fille s'est entichée de la tisane algonquine « Rêves lucides », qu'on prend au coucher et qui prétend accroître le souvenir des rêves. Nous avons vécu deux jours vêtues de peignoirs blancs défraîchis en ratine et de tongs en papier, et Éléonore s'est initiée à la méditation non transcendantale mais transversale, dont elle m'a assuré qu'elle lui faisait grand bien. Elle s'est même informée, auprès de sa masseuse gouroute, afin de trouver des lieux de culte de ce type à Montréal. Patiente, zen, durant ces deux jours, j'ai joué à la perfection mon (faux) rôle de mère éblouie par l'atmosphère de l'auberge, émerveillée par ce spa parfait pour l'esprit, l'expérience sensorielle extrême et la pacification des désirs toxiques, ainsi que l'affirmait le dépliant placé bien en vue dans notre chambre... sans télé ni wifi.

Éléonore ayant adoré l'expérience, j'ai eu droit le deuxième soir à des effusions prolongées alors que je m'étais mise au lit à vingt heures. Cette nuit-là, mon bébé a souhaité dormir avec moi. J'en ai conclu que le prix à payer – à savoir une nourriture infecte, des concoctions imbuvables – était insignifiant comparé à la sensation d'avoir ma fille enceinte collée le long de mon corps. J'aurais même consenti à sucer des queues de castor et des pattes d'ours pour connaître pareille félicité. Cela tout en sachant qu'avec elle, chaque jour peut être moins qu'hier et bien plus que demain.

En revenant vers la ville, tandis que j'étais enfermée dans mes pensées occupées par Charles, Éléonore m'a annoncé sans crier gare qu'elle connaissait le sexe du bébé. Depuis deux semaines qui plus est.

Il s'agissait d'un garçon, qu'en accord avec Léo elle prénommerait Paul... comme son père ! Je me suis accrochée au volant de peur de perdre le contrôle de la voiture, et j'ai peut-être gémi tout bas. Mais j'ai serré les dents et déclaré, toute souriante :

« C'est merveilleux. Ton papa doit être heureux.

— Il est fou de joie et Maisie ravie », a-t-elle dit avec un grand sourire.

Un peu plus et je criais « Au secours ». Quel imbécile a pu inventer le proverbe « Telle mère, telle fille » ?

*

* *

J'ai déposé ma progéniture devant son immeuble, situé dans Mile End, le quartier qui attire le plus de militants de la simplicité volontaire, et suis rentrée sans remords dans mon appartement chic et riche de la partie cossue de Montréal. Je me suis déshabillée sans jeter un seul coup d'œil au miroir pour éviter de m'apitoyer sur mon sort. Avant de me mettre au lit où le sommeil s'avérait impossible, je suis allée dans le congélateur et j'ai attrapé une bouteille. Dans une grande tasse j'ai versé une rasade de vodka de la consolation que j'ai avalée cul sec pour le maximum d'effet. Puis je suis retournée me coucher, prenant avec moi l'album de *Tintin au Tibet*, histoire de me geler davantage.

En ouvrant l'œil le lendemain matin, j'ai mis le pied sur l'album tombé du lit et l'abominable homme des neiges m'a souri, je crois. J'empestais l'alcool. Charles étant à Toronto, l'idée de me confier à une amie me déplaisait. Mais mon portable a vibré. C'était Pauline, tout excitée, qui m'informait que son hockeyeur l'accompagnerait au Mexique, où elle louait un appartement en novembre à Cancún. Je me suis accrochée à elle comme à une bouée en lançant :

« Formidable. C'est ta chance, ça signifie qu'il s'attache à toi. »

En somme, les niaiseries qu'elle voulait entendre.

Pendant ce temps, j'oubliais dans quel piteux et douloureux état m'avait plongée la chair de ma chair et le sang de mon sang, la seule personne à me faire osciller en si peu de temps du bonheur béat au découragement sans fond.

*

* *

Je suis rentrée au bureau droite comme un piquet, après avoir pris soin de troquer mes Jimmy Choo aux talons vertigineux (à déconseiller sous l'influence de l'alcool et des chocs émotifs) contre des ballerines moins flamboyantes mais plus sécurisantes. J'ai bu deux cafés, à la surprise de mon assistante tant cela n'est pas dans mes habitudes. Puis j'ai donné ordre qu'on ne me dérange sous aucun prétexte, sans oser préciser que Charles constituerait une exception puisque mon amour pour lui relevait du secret que je n'étais pas prête à partager.

Moi qui adore connaître les histoires sentimentales des autres, je protège mon intimité. Je chéris en effet cette période où le secret demeure. Si je ne crains rien de Charles, je sais combien les femmes bavardent sans retenue de leurs amours et de celles des autres, alors que les hommes pratiquent en général une discrétion teintée de pudeur. À l'exception des goujats, des crâneurs et des mégalosexuels racontant leurs douteux exploits avec leurs compagnes, victimes ou consentantes puisque la perversion n'est pas l'exclusivité des hommes, personne ne l'ignore.

*

* *

Me mettre en frais pour mes invités est chez moi une seconde nature. J'aime réunir les gens intéressants autour d'une table bien garnie. Je cuisine des plats traditionnels, rôti de porc, pot-au-feu, ragoût de boulettes et de pattes de cochon, pâté chinois, adorant cette nourriture réconfortante que cuisinaient les grands-mères au temps béni où la viande goûtait le gras et se mangeait en sauce. La cuisine allégée dont les portions laissent sur sa faim, cette cuisine d'échantillons pour faire image, je la savoure au restaurant. Mes menus attirent donc les nostalgiques, assurés de régresser chez moi devant une bonne tourtière de porc parfumée à la sarriette ou un pâté de saumon à la sauce crémeuse bien épaisse. Sean, maigre comme un clou, m'assure d'ailleurs qu'il prend trois livres à chacun de mes dîners. « Ce sont les deux bouteilles de vin que tu vides », que je lui répète chaque fois. « Non, non. Je bois autant ailleurs. C'est ta cuisine qui me transforme en ogre. » Je me garde bien de lui faire remarquer que sa voracité ne se cantonne pas à ma nourriture !

*

* *

Jeanne est arrivée la première, ce soir. Une demi-heure à l'avance afin de s'éclipser plus tôt sous prétexte de devoir terminer ses valises en vue d'une énième croisière.

« À ce compte-là, tu aurais pu arriver cet après-midi et repartir à l'apparition des autres, lui ai-je lancé, car je déteste que le rituel de mes soirées ne soit pas respecté.

— Tu es charmante, Agnès. La soirée va être mémorable. »

J'ai mis une bouteille de champagne dans ses mains en lui intimant l'ordre de faire sauter le bouchon.

« Comme toi », a-t-elle ajouté.

Nous avons bu notre première coupe cul sec, suivie d'une deuxième pour tasser la mauvaise humeur… si bien que Jeanne et moi avons accueilli les autres convives avec un enthousiasme contagieux.

Après quatre bouteilles de Veuve Clicquot, Sean et Estelle dansaient le tango gay, Pauline avait partagé avec nous sa découverte de la forme inusitée du sexe de Kevin, le gagnant du Trophée Hart. Avec son index, elle décrivait une sorte de déviation – qu'elle attribue à un coup de hockey mal placé, reçu à l'époque de la gloire de son amant, alors que les cache-sexe n'assuraient qu'une protection relative. Jeanne, oubliant ses bagages à terminer, expliqua longuement ses sentiments à la veille de sa virée en mer.

« Si j'osais – et la Veuve Clicquot l'y autorisait à l'évidence –, j'avouerais que j'ai une adrénaline de chasseuse de grands fauves. J'espère toujours rencontrer le mâle absolu. Il ne me reste que quelques années pour séduire sexuellement, j'en suis consciente. À ce jour, j'ai fait des rencontres surprenantes, à la sensualité détonante, mais je ne suis jamais montée au ciel. Mon plaisir demeure terrestre. C'est toujours du déjà-vu, comme disent les Anglais. »

Malgré mon taux avancé d'alcoolémie, j'ai été choquée par ce propos. Jamais Jeanne ne s'était laissée aller à des aveux d'une telle crudité. En matière de sexualité, force est de constater qu'on ignore toujours les fantasmes de ses amis.

« Qu'entends-tu par monter au ciel ? » s'est enquise Pauline, en quête permanente du mystère du c…

En raison d'une pudeur que même l'alcool ne désinhibait pas, j'ai coupé court à l'interrogatoire.

« Ça suffit pour les détails, suis-je intervenue.

— Pas du tout, a renchéri Jeanne. En fait, j'ai envie de faire l'amour en déchaînée mais aucun homme ne m'a permis de jouir au point d'oublier mon propre nom.

— Peut-être ne voudrais-tu pas le savoir si ça t'arrivait », a rétorqué Pauline sous les rires bruyants de toute la tablée.

Depuis le début de la soirée, personne n'avait fait la moindre référence à la pauvre Marie, d'ordinaire présente dans nos dîners sans cérémonie. Son absence flottait pourtant dans l'air, même si le potinage avait alimenté la conversation. En nous retirant au salon pour le café, brisant du coup l'excitation qui nous avait soudés, Sean a osé aborder la question.

« Personne n'a de ses nouvelles ? »

Un ange est passé.

« Voulez-vous qu'on en parle ? » ai-je demandé.

Claudine, qui avait bu de l'eau toute la soirée et était restée quasi muette, contrairement à son habitude, est intervenue.

« J'ai eu des nouvelles et elles ne sont pas rassurantes. Marie va très mal, enfermée dans sa psychose. Nous sommes tous impuissants, même les psys qui la traitent, à ce qu'on m'a rapporté. Je m'excuse d'avoir si peu participé à la conversation ce soir mais j'ai de mon côté un souci de santé. On m'a fait une biopsie dont j'attends les résultats. Je croyais que la soirée allait diminuer mon angoisse mais je me suis illusionnée. S'il vous plaît, ne me posez aucune question, ne me plaignez pas, ça ne ferait qu'ajouter à mon stress. »

Nous avons dégrisé d'un coup et le tragique est remonté à la surface. Dans un silence éloquent, nous nous sommes séparés après nous être enlacés tendrement.

*
* *

Avant de fermer l'œil, j'ai ouvert mon téléphone. Un message de Charles m'attendait. « Suis retenu à Toronto et ne reviendrai que demain soir. Mes affaires m'accaparent mais “voici mon cœur qui ne bat que pour vous”. Signé Paul Verlaine. »

Malgré les tracas que me cause Éléonore, malgré ma peine pour Marie et mon inquiétude pour Claudine, avec lui la vie m'apporte un bonheur si inattendu que j'ai souri. Je me suis mise au lit de son côté et j'ai respiré l'oreiller sur lequel Charles avait posé sa tête, que je m'étais gardée de changer car son odeur grise mes nuits sans lui.

Après avoir dormi tout d'un trait jusqu'à l'aube, dans le silence du petit matin, avant que la dissipation de la journée m'emporte, j'ai écouté en boucle la *Fantaisie pour piano à quatre mains en fa mineur D940* de Schubert, que m'avait fait découvrir à dix-huit ans un amoureux platonique dont j'avais perdu la trace jusqu'au jour où j'ai appris sa mort dans une avalanche sur la frontière de l'Argentine et du Chili. Ce garçon vibrait aussi pour Verlaine dont il me récitait les poèmes. C'était sa façon de me faire l'amour en douceur, disait-il, tant à cette époque il fallait m'apprivoiser. D'une certaine manière, malgré les apparences, je sais que je peux me cabrer encore, même quand la passion s'installe en moi. Charles l'a deviné dès le début de cet amour fou qui s'infiltre dans les pores de nos âmes et corps. Cet homme aux racines si lointaines, si chargées d'Histoire, m'apparaît désormais plus familier que tous ceux de mon milieu qui, jusqu'ici, ont traversé ma vie.

*
* *

Jeanne vogue vers les îles des Caraïbes entre la Barbade, Trinidad et Tobago et Aruba. Dans un texto, elle me raconte la rencontre inspirante survenue le matin même avec un veuf dans l'avion pour Miami. J'en déduis que la séduction est déjà bien amorcée. « À l'atterrissage il s'est empressé de m'inviter ce soir même. Mon bateau est à quinze heures trente mais j'ai failli annuler la croisière et me réserver une chambre à South Beach. » Rien que ça ! Si mon amie, en trois heures quinze de vol aux côtés d'un prétendu veuf l'ayant enjôlée, est déjà disposée à perdre les milliers de dollars que lui coûte sa croisière, toutes les femmes sexagénaires sont en danger. Jeanne est la dernière que j'aurais imaginée capable de pareille décision, aussi extravagante qu'irrationnelle. Est-ce l'âge, l'angoisse du futur, les regrets des occasions manquées d'antan ou l'expression ultime de la libération, ou de l'aliénation, qui la poussent à se comporter ainsi ? Nombre de femmes de ma génération ayant mené bien des combats féministes (re)découvrent, sur le tard, le plaisir de rêver au prince charmant auquel elles se remettent à croire. Il valait mieux, à mes yeux, continuer de croire en Jésus, les chances qu'Il existe étant plus grandes.

*

* *

De son côté, ma fille m'appelle régulièrement depuis notre plongée dans le monde merveilleux du développement personnel où l'on est à l'écoute de son corps. La concernant, on le comprend, encore que je doute que le bébé, fœtus de quatre mois, soit aussi actif qu'elle l'affirme.

« Je le sens bouger. Te souviens-tu à quel mois de ta grossesse j'ai bougé ?

— À trois semaines, ai-je stupidement répondu. (Quelle tordue ! Suis-je cruelle ou trop blessée par ses rejets toujours imprévisibles ?)

— Maman, que tentes-tu de me dire ? »

Je sentais son inquiétude.

« Que tu as bougé sans arrêt à partir de cinq mois mais qu'avant je te visualisais en train de te bercer en moi.

— C'est poétique », a répondu mon Éléonore, d'un coup tout attendrie.

Chapitre 11

Soulagement pour Claudine, la biopsie s'est avérée négative.

« C'était situé où exactement ? ai-je demandé.

— Dans le sein, évidemment. »

Évidemment, parce que ce fléau est la phobie de toutes les femmes, moi la première. Claudine n'exulte pas pour autant, encore sous le choc, fragilisée et préoccupée.

« Je ne pouvais même pas prononcer le mot « sein », avoue-t-elle. Et attendre les résultats m'a usé les nerfs et vidée de mon énergie. »

Je l'ai invitée à déjeuner mais elle a décliné car elle part en Floride pour une semaine.

« La vie m'apparaît maintenant plus courte, je vais devenir plus sélective dans mes choix. »

Elle m'a rapporté que durant ces deux semaines où sa vie pouvait basculer, elle a donné son congé à un jeune quadragénaire grisonnant et bronzé, prof de sciences distrait qui n'a même pas été capable de détecter l'angoisse qui l'étranglait.

« Je ne voulais pas le mettre au courant mais j'aurais souhaité qu'il comprenne. La seule chose qui l'intéressait était de me faire l'amour. Il hurlait de plaisir et croyait que c'était contagieux. Il m'a même dit un soir : "On jouit comme des bêtes, ces jours-ci", alors que je gémissais sans rien ressentir.

— Mais pourquoi le laissais-tu te pétrir comme une pâte à pizza ? ai-je questionné pour masquer l'horreur que suscitait en moi la sorte de torture à laquelle elle s'était soumise, à répétition, et qui m'apparaissait un comble.

— C'est ce qui me trouble. Je n'ai jamais accepté d'être une victime avec les hommes. Au contraire, j'ai toujours eu tendance à la jouer macho avec eux, ayant été jusqu'à donner congé à plusieurs beaux gars, car je fais trop rapidement le tour d'un homme. Il y a aussi des femmes dont je me lasse mais ça ne m'empêche pas de continuer de les fréquenter. On n'est pas dans le même cas de figure. »

Qui visait-elle ?

Il existe un paradoxe chez les femmes de ma génération, qui ne concerne en rien celle de nos filles. Nous sommes moins impressionnées par nos collègues et amants hommes, sur lesquels nous portons, sans états d'âme, des jugements impitoyables, injustes souvent, mais réalistes avant tout. L'incompétence masculine a tendance à être déguisée en expérience ou en épuisement alors que les femmes d'expérience surqualifiées et performantes doivent, elles, faire la preuve de leur compétence et ne jamais avouer la moindre fatigue. Dans la cinquantaine, nous devenons plus sages et l'obsession de la perfection nous quitte peu à peu.

Ce qui m'impressionne tant chez Charles, c'est son mélange d'assurance, de vitalité et de sensibilité quasi féminine. Je lui en ai fait la remarque. « Puisque tu me le dis, cela doit être vrai, a-t-il répondu. Mais toi, c'est ton côté macho et ta force qui te rendent plus désirable encore à mes yeux. Ton énergie m'érotise. »

J'ai eu presque envie de recopier sa déclaration et de l'ajouter en exergue de mon C.V.

*

* *

Estelle est inconsolable ces jours-ci. Sa nouvelle et trop jeune flamme la trompe avec... un garçon de vingt-cinq ans. Or la petite serait prête à mener de front ces deux histoires.

« Elle a même eu l'indécence de me proposer de rencontrer son type, un étudiant de sexologie – ça ne s'invente pas – qui trouverait cool que j'accepte d'être partie prenante du trio, s'est-elle offusquée au téléphone.

— C'est la génération du mélange des sexes, lui ai-je dit non sans ironie. Je suis curieuse de savoir ce que tu as répondu.

— Je lui ai suggéré d'aller s'empiffrer avec lui d'un trio Big Mac chez McDonald's. »

À coup sûr, son humour saura la sortir de sa déprime.

« Mais qu'est-ce que tu as dans la tête pour t'acoquiner avec des jeunes comme le font tous ces mâles vieillissants qui croient se régénérer en fréquentant des filles qui pourraient être les leurs et dont ils pensent qu'elles sont attirées par leur sex-appeal ?

— Tu m'insultes en me comparant avec ces séducteurs décrépits ! »

J'ai hésité avant de réagir à des propos aussi ahurissants dans la bouche d'une femme si intelligente par ailleurs.

« Mais Estelle, t'es complètement aveugle. Hétéro ou gay, peu importe. Il y a trente ans de différence entre ta petite Charlie et toi. Si tu lui parles des années soixante, elle croit que tu lui racontes le Moyen Âge. Tu l'impressionnes, c'est évident, mais ta Mercedes aussi lui fait de l'effet même si elle n'est pas encore électrique. »

Je me suis tue, car Estelle d'un coup s'est mise à pleurer. Aussitôt, je me suis excusée.

« Je sais que tu t'occupes de mes intérêts », a-t-elle ajouté une fois ses larmes ravalées.

Pour la consoler, j'ai promis que nous irions magasiner ensemble. C'est une addiction chez elle. Seul inconvénient de ces escapades, son désir irrépressible de me faire acheter des vêtements de grand prix, des rouges à lèvres à cent dollars pièce et des crèmes regénérescentes à mille dollars le pot de cinquante grammes. Je résiste, bien sûr, mais elle a une telle façon de me tanner qu'au bout d'un moment j'achète, exaspérée, des chaussures qui me font mal aux pieds, une crème de nuit miracle sans effet réel, un pull trop dispendieux, pas mon style, que j'accrocherai dans ma garde-robe et refilerai un jour à ma femme de ménage. Mais qu'est-ce qu'on ne fait pas pour des amies en peine d'amour ?

*

* *

Grâce à Charles, chaque soir je redécouvre les plaisirs infinis du sexe. Ayant toujours mal vécu la solitude pour cette raison, afin de me raisonner je me convainquais que l'envie de faire l'amour lentement me quittait. Avant de folâtrer au lit avec lui, cela faisait plusieurs mois que j'avais mis une croix sur ma sexualité car les *speed dating*, les *fuck friends*, les baises d'une nuit sans suite me laissent de glace. Ce qui me confirme combien la révolution sexuelle a encore du chemin à parcourir pour entrer totalement dans les mœurs et combien les nouvelles générations qui en font l'éloge ont des croûtes à manger avant de saisir la quintessence du plaisir simple mais si complexe du désir. Les exploits sexuels dont on nous rebat les oreilles à longueur d'émissions ou dossiers spéciaux relèvent davantage du jeu de rôles, de la plomberie que de l'extase, sans ecstasy ou autres substances qui transforment en bêtes de sexe momentanées les adeptes de cette gymnastique para-olympique, avec le bémol de taille de les plonger dans une amnésie totale dès le lendemain.

Jeanne fut elle-même prise d'une telle frénésie au retour d'une croisière en Polynésie. Cependant, j'ai tendance à croire seulement les deux tiers des propos qu'elle me tient dès qu'elle évoque des sujets en dehors de son terrain de compétence professionnelle d'ex-juge. Lors de ce voyage donc, à l'en croire, l'attitude détendue des Polynésiens, fleur à l'oreille droite pour les célibataires et à la gauche pour les autres, mariés ou le cœur occupé, aurait eu une influence déterminante sur sa libido. Elle nous a ainsi avoué, lors d'une soirée récente, qu'en quinze jours elle avait « connu » bibliquement huit hommes dont deux Polynésiens, chacun portant la fleur à droite et le reste à l'avenant, on présume. Les six autres, des croisiéristes à plein temps comme elle, ont bénéficié de sa fougue et de ses conseils après l'amour « quand les corps se détendent », comme chante Charles Aznavour, car Jeanne tend à être une « jugesse » dès qu'une personne la choisit comme confidente.

Elle ne regrette rien de cette espèce de *speed dating*, assurée qu'elle ne reverra jamais ses partenaires furtifs des atolls. Le plus étonnant dans cette poussée débridée, c'est que le physique de Jeanne ne laisse pas une seconde imaginer qu'elle puisse être cette personne déjantée, ironique, se jouant des hommes qui croient à la candeur qu'elle affiche volontiers lorsqu'elle décide de jeter son dévolu sur un « beau monsieur », expression dont elle use pour parler des hommes qui la font tilter.

*

* *

Estelle, elle, fait pitié à voir. Son appel, cet après-midi, était si désespéré que j'ai informé Charles que je serais en retard d'une heure chez lui ce soir. J'aurais préféré qu'il vienne à mon domicile, parce qu'il est pratique pour une femme de se réveiller à côté de sa garde-robe, tandis qu'un homme transporte juste une chemise, un boxer, des chaussettes et un rasoir électrique. Donc j'en conclus – à tort j'espère – que mon Libanais est casanier ou que mon appartement ne lui plaît pas autant qu'il le prétend.

*

* *

Estelle a perdu deux kilos en quelques jours. Hagarde, trop volubile, désorganisée, j'ai bel et bien sous-estimé l'attachement passionnel qui la lie à cette Charlie en train de jouer avec une personne de son âge, qui plus est de sexe masculin. Ce qui expliquerait la stupéfaction de mon amie, celle-ci ayant toujours gardé secrète son homosexualité. Dans le monde conformiste de la banque, une telle revendication n'allait pas de soi. Mais c'est une gay *straight*, si je puis dire, et l'idée de la bisexualité, à l'évidence, la trouble.

Après avoir commandé lors de notre déjeuner une bouteille d'eau afin d'avaler un comprimé dont je n'ai pas osé demander la composition ni les effets, Estelle m'a lancé :

« Agnès, celle-là je ne l'ai pas vue venir. J'ai cinquante-cinq ans et je découvre que je ne suis pas équipée pour faire face à une séparation aussi déchirante. »

Étouffée par les sanglots, elle hoquetait, sa respiration devenait saccadée et je n'arrivais pas à trouver les mots capables de la calmer. Quelques clients nous jetaient des regards furtifs ; je tapotais ses mains ; j'ai même sorti de mon sac une pochette de Kleenex qui se sont vite effilochés, à force d'essuyer ses yeux, pour former une boule que j'aurais pu tordre. C'était terrible et pitoyable. J'avais devant moi une battante, une de plus, de celles qui ne craignent d'ordinaire aucun combat contre les coqs, les machos, les cracheurs de feu, les grands gueules vantardes et les reptiles, mais qui, là, flanchait. Faut-il en conclure que les femmes fortes, une fois amoureuses, sont des carencées affectives qui vieillissent en ramollissant leur caractère ?

En tout cas, Estelle ne savait plus à quel saint se vouer et envisageait même de rencontrer – quelle autoflagellation ! – le garçon qui lui avait dérobé sa petite maîtresse, garçon dont elle est convaincue qu'il la larguera sitôt dit sitôt fait. C'est dire à quel point je suis impuissante à pouvoir lui conseiller quoi que ce soit de sensé.

Après une heure qui m'a semblé une journée, je suis parvenue non à la faire changer d'avis, mais à semer le doute dans son esprit. Sa jeune maîtresse lui avait assuré qu'elle préférait les femmes depuis l'adolescence et n'avait jamais fait mention du moindre amoureux dans sa vie, les garçons dont elle parlait s'avérant des copains d'adolescence. Or Estelle, bien qu'aveuglée par son désir, avait des doutes sur la franchise de la jeune séductrice.

Elle en était là de ses récriminations quand j'ai dû lui dire :

« Écoute, ma chérie, je dois te quitter. J'ai un nouvel amoureux qui m'attend. »

Du coup, Estelle a retrouvé son bon sens.

« Tu sais Agnès, à quelques occasions, Charlie se contredisait. Un jour, elle a fait référence à une copine en sexologie et deux jours plus tard elle a dit : “Mon copain, le futur sexologue, est très drôle. – Tu veux dire ta copine ?” que j'ai répondu. Elle s'est reprise comme un trapéziste. “J'ai dit copain ?”, puis elle a éclaté de rire avant de rebondir : “Évidemment c'est une copine. D'ailleurs, il faudrait que tu la rencontres un jour.” » Puis elle m'a sauté au cou.

En me rapportant l'anecdote, j'ai eu l'étrange impression qu'Estelle avait perçu depuis plusieurs semaines la réalité de sa relation amoureuse mais avait choisi de faire l'autruche. J'ai compris du coup que sa peine d'amour était réelle et ne lui serait pas fatale. Quelle superwoman meurt d'amour, à notre époque ?

*

* *

Charles m'a accueillie les bras ouverts. Il avait préparé l'apéro et dressé la table. Dans un seau à glace, une bouteille de champagne m'attendait. J'ai demandé : « Que fête-t-on ? » Réponse douce à mes oreilles : « Mon bonheur d'être avec toi, ma chérie. » Je connais des femmes qui joggeraient cent kilomètres pour qu'à l'arrivée on leur offre, non pas un trophée, mais une pareille déclaration.

Je me suis alors enfoncée dans son canapé trop moelleux et j'ai soupiré d'aise.

« Je reviens tout de suite », a-t-il ajouté en se dirigeant vers la chambre. Dont il est ressorti tout sourire en tenant un énorme sac en papier. « C'est pour toi. » Dans la surprise se trouvaient des produits de beauté – crème démaquillante, crème de nuit, un masque pour exfoliation intégrale, des savons à l'amande amère du Liban, à l'huile d'argan du Maroc –, une brosse à dents et le dentifrice Theodent 300 dont j'ai lu qu'il était le plus cher du monde à cent dollars US l'unité. Au fond du sac se tenait aussi une petite boîte, trop grande pour une bague, mais contenant un cadeau tout aussi précieux. Il m'a frôlé l'esprit, avec mon humour caustique, que j'aurais eu droit à des tampons hygiéniques si je n'avais pas été ménopausée. Mais non, le présent, le geste valait toutes les déclarations : c'était les clés de son appartement.

Charles rayonnait en scrutant ma réaction, un mélange de surprise, de ravissement et de sidération.

« J'ai pensé que la clé ne suffirait pas à te prouver l'ampleur des joies inattendues de ta présence dans ma vie, alors j'ai ajouté les autres produits. J'ai résisté à t'offrir le savon Khan Al Saboun composé de poussière d'or pur, de miel, d'huile d'olive et incrusté de microscopiques diamants et qui vaut quatre mille dollars US pièce, redoutant que trop d'extravagance moyen-orientale ne t'inquiète.

Sans voix, je regardais cet homme dont j'ignorais l'existence il y a quelques semaines et qui se révélait si attendrissant, si aimant et si imparable dans l'expression de sa passion que je n'y croyais pas.

D'aucuns diraient qu'il en fait beaucoup, voire trop pour ne pas être suspecté d'aimer l'excès dans les sentiments, propension à l'emphase amoureuse qui pourrait devenir inquiétante, mais cette fois je me laisse porter par mon intuition. Sous ses dehors de gentleman sérieux, calme et conformiste, Charles cache un volcan dont la lave me consumera comme je ne l'ai jamais imaginé de toute ma vie.

« Et si on buvait ? » a-t-il suggéré, peut-être pour chasser les pensées qui m'assaillaient.

Nous avons trinqué, j'ai avalé une gorgée de ma Veuve Clicquot préférée, tremblante de désir, et j'ai dit tout bas :

« Lis sur mes lèvres… »

Cette nuit-là, j'ai cru que mon corps exploserait, incapable de résister à l'intensité des émotions, des variations extrêmes du plaisir qui m'enfiévrait, des caresses connues mais transformées par le désir aussi violent qu'enveloppé que Charles et moi partagions. Un orgasme qui s'est brisé en longs sanglots aussi magnifiques que quasiment douloureux. Nous avons fait l'amour dans l'attente d'une fin du monde. Nous sommes morts en fusion sans autre certitude que l'instant qui nous consumait. Puis, apaisés physiquement, nous avons mêlé nos larmes de joie, non sans une once d'inquiétude.

« Dieu est bon, a murmuré Charles en un sourire épuisé.

— Dieu, c'est toi », lui ai-je répondu. Et ma foi, j'y croyais.

*
* *

Personne ne sort indemne de pareilles nuits.

« Je souhaite te présenter mes deux fils et j'aimerais rencontrer ta fille », a décrété Charles dès le matin.

J'ai réagi avec stupeur comme s'il faisait entrer l'ouragan dans la pièce.

« Tu ne crois pas que c'est trop tôt ? ai-je dit, faute de pouvoir lui expliquer que j'étais encore loin de voir atterrir Éléonore, ma psychologue de rejeton, dans le nouveau décor de ma vie.

— Mes fils vont t'adorer. Ils me mettent en garde contre la solitude, ne comprennent pas qu'à ce jour je n'aie manifesté aucun intérêt pour celles qu'ils avaient choisi de me présenter. À cause de leur mère qui m'a laissé tomber, je pense qu'ils m'ont pris en pitié.

— Commençons par mettre Leila au courant. Elle va jubiler, ai-je habilement suggéré.

— Mais nos enfants sont notre priorité, il me semble. »

Puisque je n'avais aucune envie de raconter mes rapports en montagnes russes avec ma fille, j'ai suggéré :

« Présente-moi tes fils d'abord. »

Or Charles n'en démordait pas : « J'ai très hâte de rencontrer Éléonore. »

N'étant en rien convaincue que ce soit partagé, j'ai dit :

« Elle est prise de nausées ces temps-ci. Attendons que ça passe. Tu la verras sous son meilleur jour.

— D'accord. Alors j'essaie de fixer un rendez-vous avec les garçons. »

Son insistance m'ennuie un peu. J'en ai conclu que notre rapport à la famille différait, m'accrochant à l'option que ses origines libanaises expliqueraient en partie son empressement à regrouper nos progénitures. Je suppose que ma relation avec Charles exige quelques accommodements disons… raisonnables.

Chapitre 12

Éléonore m'a invitée à dîner chez elle. En des termes toujours aussi tendres :

« Je te préviens, maman : la maison est en désordre et je n'ai ni le goût ni le temps de m'en occuper. Léo non plus. Alors, si l'idée te dérange, ne viens pas. Autrement, je préparerai un saumon à l'unilatéral avec une sauce au citron vert qui va t'impressionner. »

J'ai failli lui dire que, pour le capotage, Charles s'en occupait.

« J'apporte le champagne et un meursault, ça te convient ?

— Léo sera ravi. Quant à moi, je n'en boirai que quelques gorgées. T'es quand même incroyable de m'offrir à boire ; tu ne penses pas à ton petit-fils. J'espère que tu ne picolais pas quand tu m'attendais. Sinon, ça pourrait expliquer certains de mes comportements. »

Incapable de résister à sa provocation, j'ai balancé :

« Qu'est-ce que tu crois ? Je me soûlais toutes les fins de semaine parce que ça me détendait.

— Maman, jure que tu me fais marcher », a-t-elle crié.

Par respect pour la femme enceinte, j'ai éclaté de rire.

« Je me suis exclusivement nourrie de fruits, de légumes et de fruits de mer. Je me privais de gâteaux et de viandes grasses.

— Il me semblait bien que t'avais fait des sacrifices pour moi. Le problème, c'est qu'après ma naissance, t'as changé. »

De deux choses l'une, ou je lui raccrochais au nez et le psychodrame redémarrait, ou je rigolais et elle se calmait. La seconde option fut la bonne. Éléonore était ravie.

« N'arrive pas en retard. »

C'était sa manière de me complimenter. À n'en pas douter, elle avait hâte de me voir !

C'est sûr, Charles ressent le besoin pressant de me faire connaître ses fils. Il les a « convoqués » à dîner – son propre mot – demain soir, dans le meilleur restaurant de la ville. Ce qui a amené Joseph, l'aîné, à vouloir connaître l'occasion spéciale qui le poussait à se mettre en frais. Charles leur a dit qu'il voulait leur « présenter une dame » qui lui est « chère ». Élias, le cadet, blagueur à l'évidence, s'est exclamé : « Il était temps. Tu vas nous laisser respirer un peu. »

Charles admet qu'il appelle ses deux fils régulièrement.

« Combien de fois par semaine ? me suis-je enquis.

— Oh, tous les jours et selon les situations qui nécessitent mes conseils. »

Je doute qu'Élias, âgé de vingt-neuf ans, ait besoin de son papa à ce rythme. Dans le cas de Joseph, qui travaille dans l'import-export, la fréquence des contacts pourrait s'expliquer. Je n'ai jamais su ce que recouvre l'expression « import-export », pas plus que je ne comprends les jeunes qui se disent spécialistes en informatique. Sont-ils des entrepreneurs, des producteurs de films pornos, des accros des jeux électroniques ou des musulmans radicalisés ? Il me semble que j'ai atteint l'âge où l'on n'arrive plus à comprendre ce que fabriquent les consultants de tout acabit, les faiseurs d'images, les techniciens en santé mentale, les aidants naturels (comparés aux aidants surnaturels, je suppose), les coachs de vie (cette invention qui en dit long sur le coaching et sur la vie telle que vécue). Tout était compréhensible autrefois : avocat, médecin, professeur, comptable, ingénieur, coiffeur, journaliste, entrepreneur, les métiers et les professions étaient immédiatement identifiables.

*
* *

Mon assistante, discrète et affirmée – ce pourquoi j'y suis tant attachée –, m'a transmis dès mon arrivée au bureau un message du Dr Gagnon suivi d'un numéro de téléphone. Si un médecin, même inconnu, me contacte, je crains forcément une mauvaise nouvelle. Brusquement angoissée, j'essaie de me remémorer un examen passé un jour avec lui et l'anxiété gonfle en moi. J'imagine que le résultat négatif d'alors était erroné et que cet appel signe mon arrêt de mort. Personne ne peut deviner les fantômes qui me hantent. Ma forte personnalité est une façade, bétonnée certes, que saisissent seulement de rares perspicaces.

Qui est donc ce Dr Gagnon ?

Prenant mon courage à deux mains, j'ai composé le numéro, le cœur battant.

Une voix aimable m'a répondu.

« Bonjour. Je suis le psychiatre de Mme Marie Clermont.

— Que puis-je faire pour vous aider ? ai-je dit stupidement, comme si un client me contactait.

— Juste pour vous dire qu'elle va mieux. Elle est encore fragile, certes, mais elle souhaiterait que vous la visitiez. D'où mon appel. Vous êtes la seule personne qu'elle a demandé à voir et je crois que votre venue la réconforterait. Cependant, je dois vous prévenir qu'elle a beaucoup maigri et qu'il ne faudra pas que vous lui mentionniez cet état. Elle refuse en outre de se maquiller et se coiffer. Pour être franc, elle parle de vous avec tant d'affection et d'admiration que j'en déduis que votre visite lui fera grand bien. »

Je me suis accordé quelques jours de préparation psychologique avant de me présenter devant ma chère Marie, que j'imagine fort médicamentée. Durant toutes ces semaines passées enfermée dans son monde, sans repère extérieur, elle n'a pas quitté mes pensées. Dans le groupe, nous avions un accord tacite : nous agissions comme si elle était en train de parcourir le monde, mais aucune de nous n'était dupe. Notre Marie, échouée dans une chambre aux murs délavés d'un service psychiatrique, nous obligeait à remettre en question nos propres certitudes. Comme elle, nous avons toutes une épée de

Damoclès au-dessus de la tête. La fin de la cinquantaine permet de profiter des plaisirs de la vie, amplifiés par l'expérience, par un peu de sagesse, par les fruits de la maturité et la distance critique qui nous ramène sans trop de détours à la réalité. Mais notre amie, elle, a basculé tôt. Et si elle arrive à retrouver ses esprits, la légèreté qui faisait son charme sera sans doute évaporée à tout jamais dans les brumes de la Corée du Nord.

Dommage que Jeanne sillonne les Caraïbes. J'aurais aimé causer avec elle avant de visiter Marie, rassurée de bénéficier de sa sensibilité raffinée pour tenter de cerner les indices nous ayant échappé qui avaient précipité Marie dans le drame. Rien n'est plus perturbant que l'absence de lucidité et le sentiment d'impuissance. Heureusement que les hommes qui ont compté dans mon existence ont su m'offrir le repos de la guerrière.

*

* *

Avant de retrouver Charles et ses fils, je suis allée chez le meilleur coiffeur de la ville, celui qui décoiffe les femmes de mon âge. Comme trop de quinquagénaires et sexagénaires annoncent le début de leur déclin en adoptant des têtes où aucun poil ne dépasse, où la laque transforme toute mise en pli en perruque de mauvaise qualité, il y a des années que le peigne m'a quittée. Avec les doigts, je secoue ma crinière dès le lever et fais d'une pierre deux coups : je me tire du sommeil et me compose une tête d'échevelée glamourisée. Mais, contrairement à Pauline, j'ai le sens de la mesure. Cette dernière, non seulement est décoiffée mais à l'aide d'une cire d'abeille Albinos – c'est elle qui l'affirme – elle fixe sa tignasse à la verticale, coiffure qui évoque un champ magnétique.

L'obsession de l'âge transforme les femmes comme elle en vieilles jeunes. Et c'est à bannir. Pour ma part, je trouve plus raisonnable d'éviter les décolletés trop plongeants où les froissements de la peau entre les seins sont exposés à la vue des curieux. À ce sujet, Pauline s'est d'ailleurs offert une remontée des seins spectaculaire. Trop spectaculaire, ratée car sa tétonière est désormais d'une immobilité surprenante. Quand elle jogge, sa poitrine demeure de marbre alors que s'active le reste de son corps. C'est impressionnant à observer. Pauline est aussi une inconditionnelle de la jupe ras du cul. « Habillez-vous en mémère si ça vous fait plaisir, moi, je suis à la mode », clame-t-elle. « Mais la mode s'adresse aux filles anorexiques de seize à vingt ans. Tu vas en avoir soixante et tes apéros quotidiens se noient autour de ta taille », que je lui ai dit. Mon amie, sans complexe et sans rancune, m'a alors regardée avec pitié : « Ça n'est pas avec les quatre ou cinq couettes qui dépassent au-dessus de tes oreilles que t'as un look plus rajeuni, ma chérie. – Tu parles comme une ado », ai-je rétorqué. Elle ne s'est pas sentie insultée ; au contraire, elle a pris la raillerie pour un compliment.

*

* *

Pour la soirée Charles & fils, j'ai mis mes Louboutin. Je serai donc à la hauteur de Charles, avec ces talons de douze centimètres. Et pour faire jeune à ma manière, je jette mon dévolu sur un blouson de cuir Armani jaune moutarde enfilé par-dessus une robe noire. Le tout parfumé avec La Petite Robe Noire de Guerlain.

En arrivant au Toqué, j'ai aperçu mes trois chevaliers servants attablés au fond du restaurant. Ils étaient les plus beaux hommes de l'établissement.

En m'apercevant, Charles s'est levé d'un bond, s'est dirigé vers moi, et Joseph et Élias, qui s'étaient dressés aussi, semblaient au garde-à-vous. « Je rêve », me suis-je dit.

J'envie Charles d'avoir des fils aussi admiratifs. Qui discutent avec lui en toute sérénité, qui se montrent respectueux, ouverts d'esprit, bref, ils me sont apparus quasi parfaits. Du coup, je n'ai pu m'empêcher de les comparer à Éléonore. Mais je ne suis pas Charles et, avant tout, surtout pas leur mère. Cette constatation m'oblige à une nouvelle remise en question. À sentir remonter la vieille culpabilité que j'avais tapie au fond de moi et contre laquelle je lutte depuis la naissance de ma fille. La maternité ne m'a pas une seconde épanouie. Contrairement aux lieux communs, je n'ai jamais connu et ne connais pas la maternité pacifiée, joyeuse, légère, naturelle. Tout m'est effort, volonté, retenue, déception. Je suis une mère improbable, inquiète et tourmentée. Mon amour pour Éléonore existe, mais est plein d'aspérités ; c'est en fait un amour aigre-doux qui nous épuise toutes deux.

*

* *

D'emblée, Élias a déployé tous ses charmes pour me mettre dans sa poche, au plaisir plutôt mitigé de son père, je dois dire.

« Notre père rajeunit depuis quelques semaines mais, permettez-moi un conseil, ne le ramenez pas en enfance. Si vous fixez la barre à quarante-huit ans, il sera presque aussi vieux que Joseph. »

J'ai souri mais vu sur-le-champ que Charles veillait au grain et que cette familiarité à mon endroit l'agaçait.

« Agnès n'est pas ta copine, est-il intervenu d'un ton un peu trop sec.

— C'est son côté québécois », ai-je dit pour calmer Charles.

Joseph a jeté un regard à son père, l'air de dire : « Laisse le petit parler. Il est heureux. »

Ce fut le seul (léger) accroc d'une soirée où j'ai compris le besoin de liens familiaux forts pour Charles. J'avais passé le test à ses yeux. Si Joseph m'a plu par sa classe, son sérieux et son aisance, Élias m'a séduite par son côté chien fou, sa rapidité intellectuelle et sa beauté type George Clooney amélioré.

Nous avons fait honneur au suprême de pintade à la rhubarbe et aux fraises ainsi qu'à la longe de cerf avec purée de feuilles de radis. Connaissant ma passion pour le bourgogne, Charles m'avait fait remettre la carte par le sommelier. Les garçons ont paru surpris mais mon vosne-romanée et mon gevrey-chambertin les ont suffisamment grisés pour qu'ils m'embrassent avec une affection non feinte en fin de soirée. Élias a jeté un regard taquin à son père et lancé un « Bienvenue dans la famille, Agnès » qui m'a réjouie. Charles, ravi, a lui-même ronronné de bonheur.

La nuit, chez moi cette fois, m'a à nouveau prouvé que l'amour n'a pas d'âge, ma soixantaine active s'ouvrant sur des feux d'artifice sexuels inédits. Avec un Charles artificier émérite doué pour conjuguer art et technique. Quant à moi, je retrouvais une ardeur qui avait somnolé durant ma trop longue période sans homme, cette ardeur que, par choix, je préférais partager, l'onanisme étant à mes yeux aussi insatisfaisant que déprimant. Mais j'ai de la compréhension pour les femmes seules dont un godemiché est le seul compagnon affectif. Comme l'avait confié Marie un soir de bombance bien arrosée, si on a le choix entre un sextoy et un pénis, se décider n'est pas toujours simple. « Faute de pain, on mange de la galette », dit un proverbe qui ne s'applique pas seulement à la pâtisserie, avait conclu Pauline ce même jour. Heureusement qu'Estelle n'était pas présente, car nous aurions toutes été accusées d'homophobie.

L'amour est plus énergisant que les boissons hypocaloriques dangereuses pour la santé. Il démultiplie mon énergie naturelle déjà surdimensionnée. De plus, grâce à lui je perds du poids, ce qui représente un inestimable bénéfice (marginal, certes, mais bon à prendre).

Après le bureau, j'ai rendez-vous avec Marie. J'appréhende la rencontre. Cette visite m'a trotté dans la tête toute la journée mais mon bonheur actuel me protégera contre le choc du tête-à-tête. Le simple fait de mettre les pieds dans un hôpital faisant déjà augmenter mes pulsations cardiaques, imaginez dans quel état je suis. Ce soir, mon pouls bat à cent vingt-cinq en arrivant sur les lieux.

J'ai pris de grandes respirations mais, aussitôt franchie la porte de l'établissement, l'odeur de la maladie me fait l'effet d'une intoxication. Après avoir parcouru des kilomètres de corridors remplis de patients accrochés à un poteau roulant en raison du goutte-à-goutte planté dans leur bras et circulant comme des zombies en peignoirs verts ou bleus délavés réglementaires, je suis arrivée, déjà moins énergique qu'à l'entrée, au sein du service de psychiatrie. À l'évidence, le parent pauvre de cet hôpital général.

Une infirmière, l'air préoccupé mais fort avenante au demeurant, m'a indiqué la pièce où se déroulerait la rencontre.

« On va amener Mme Clermont, a-t-elle dit. Cela fait deux jours qu'elle attend votre arrivée. »

J'ai tenté d'expliquer ce retard mais elle m'a rassurée :

« Vous n'avez pas à vous justifier. Pour Mme Clermont, le temps n'a pas le même sens que pour vous. »

Je me suis assise dans un fauteuil en moleskine craquelé et j'ai attendu, les mains moites et le cœur dans la gorge.

Lorsque Marie est apparue, j'ai fait un effort surhumain pour me contenir. Elle ressemblait à une itinérante, ses cheveux en touffes blanchies dispersées encadrant une figure pâle et décharnée. Elle, si coquette, était attifée d'un pull de coton verdâtre et d'un pantalon trop court, dans lequel elle flottait. Ses yeux avaient perdu toute brillance mais je m'accrochais à son regard, la seule partie où je reconnaissais encore mon amie.

« Je vais vous laisser avec Mme Agnès dont vous nous avez tant parlé, a dit l'infirmière avant de fermer la porte.

— T'es là, Agnès ? T'es vraiment là ? Je reviens de loin, tu sais », a murmuré Marie en touchant ma figure, mes bras, ma poitrine. Sa voix tremblait mais j'ai mis ce vibrato sur le compte de la médication.

« Ça va mieux, Marie. Ça va s'améliorer de jour en jour. »

Mais, à la voir ainsi, je n'en croyais rien. Paralysée, je n'ai rien trouvé de plus intelligent que de lui raconter des petites histoires concernant Pauline, Claudine, Estelle et les autres. Elle semblait comprendre, hochait la tête mais ne riait pas du tout.

« Ça fait pitié », a-t-elle dit à un moment. Je n'ai su quoi ajouter.

« As-tu besoin de quelque chose ? Qu'est-ce qui te ferait plaisir ? ai-je demandé. Je t'ai apporté les chocolats aux cerises que t'aimes tant.

— J'ai toujours haï ça », fut sa réponse cinglante.

J'ai alors enchaîné sur la température et, soudain, Marie a baissé la voix et jeté un regard circulaire alentour.

« Y me font geler ici. Apporte-moi mon manteau de fourrure. »

Plus les minutes s'écoulaient, plus j'étais consternée. Quand elle a enchaîné : « J'ai un secret à te dire, Agnès. Jure-moi que tu le gardes pour toi. » J'ai craint le pire mais j'ai obtempéré. J'ai dit : « Je le jure. »

Ça n'était pas la première fois qu'elle me faisait pareille demande.

« Je me suis préparée en cachette. Je m'en vais à Pyongyang dans une semaine. Et tu sais pourquoi, je te l'ai déjà dit. »

Comment se souvenait-elle si bien de notre déjeuner, du moment où la faille s'était installée dans son cerveau ?

« Je te souhaite un bon voyage, ai-je répondu bêtement.

— J'suis fatiguée, peux-tu me ramener dans ma chambre ? »

Je l'ai prise par le bras, un fétu de paille, et, dans le corridor, une infirmière a pris le relais après que j'eus effleuré de mes lèvres la peau asséchée des joues de Marie, jadis rouges et rondes comme une pomme d'automne.

Après m'être perdue dans les corridors, lorsque enfin j'ai trouvé une sortie, je n'ai pu me retenir : j'ai vomi à l'écart entre deux immeubles.

Chapitre 13

À entendre Charles, Leila se désole de ne plus avoir de mes nouvelles. Elle sent que je la tiens à distance. Cela dit, ces dernières semaines, elle s'est encore absentée, ses affaires la conduisant régulièrement aux États-Unis, voyages dont elle profite pour se rendre dans son appartement de Boca Raton, en Floride, sorti directement d'*Architectural Digest*.

Comme j'ai, en quelque sorte, officialisé (je déteste ce mot) ma relation avec Charles en acceptant de rencontrer ses fils, je n'ai plus aucune raison d'écarter cette amie dynamique, généreuse et courageuse mais néanmoins cousine possessive de mon nouveau compagnon. Aussi ai-je décidé d'organiser un dîner qui inclura amies et conjoints afin de présenter mon nouvel homme. Comme je serais malvenue à informer la ville entière et de laisser Éléonore dans l'ignorance, je dois user de mes dons de stratège. J'ai donc l'intention de lui annoncer la (bonne) nouvelle lors du dîner prévu chez elle ce week-end. Elle hésite entre le samedi ou le dimanche, ce qui m'empêche de planifier ces deux soirées – du Éléonore tout craché – mais je m'adapterai.

Depuis la visite à Marie – dont je n'ai parlé à personne car j'en informerai d'abord Jeanne à son retour des Caraïbes –, il n'y a pas une journée où l'image de mon amie décharnée et hagarde ne me quitte. Cependant, je sens aussi la nécessité de me protéger des malheurs qui affectent certains de mes proches. Il faut définitivement chasser les pans de noirceur qui s'emparent de mon esprit dans les nuits d'insomnie, de plus en plus fréquentes ces derniers temps. Jusqu'à peu, j'avais le sommeil facile et réparateur. Or, de légers symptômes d'une usure physique et morale se font sentir. La perspective de me transformer en oiseau de nuit insomniaque me contrarie. Comment travailler à plein temps et dormir à temps partiel sans perdre efficacité et énergie quand on n'est pas une mangeuse de pilules multicolores comme la plupart des femmes de mon entourage ? Marie, à cet égard, battait tous les records. Au petit-déjeuner, elle avalait vingt-deux comprimés de vitamines (de A à Z), des antioxydants, de la glucosamine, des granules pour maigrir, d'autres contre le stress, la constipation, la diarrhée nerveuse, la décalcification des os et des dents, des gélules pour favoriser la mémoire, voire nourrir l'imagination. Dans ce dernier cas, on peut conclure que cela lui a trop réussi ! Pauvre elle !

*

* *

J'ai passé l'âge d'entretenir quelque animosité avec des collègues. Mon statut au sein du cabinet me place à l'écart des sempiternelles luttes de pouvoir entre avocats. Usant de mon autorité morale avec retenue, les conflits entre machos cupides, ce qui inclut quelques avocates vindicatives, me laissent froide dorénavant. Cependant, je retrouve ma combativité tenace face aux avocaillons futés qui songent uniquement à engranger des millions, indifférents au bien-être de l'ensemble des associés. J'ai donc réduit en cendre l'un de ces blancs-becs l'autre jour. Parce que, dans une offensive interne, il avait réussi à convaincre d'autres énergumènes de son espèce d'entamer une campagne contre le juriste le plus remarquable du bureau, un philosophe du droit pour qui une belle cause a priorité sur un dossier banal mais très lucratif.

Lorsque ce jeune Pierre-Paul a débarqué dans mon bureau, la fumée lui sortait du nez.

« Agnès, je représente quinze avocats, dit-il avec morgue. C'est nous qui apportons de plus en plus d'argent dans cette boîte. Et on est tanné de voir des collègues incapables d'aller rabattre des clients et dont les honoraires annuels équivalent à la moitié de ceux des productifs comme nous. »

Glaciale mais souriante, j'ai rétorqué :

« Tu voudrais donc que l'on remercie nos associés figurant parmi les meilleurs juristes du pays, des avocats qui nous font honneur et confèrent un prestige intellectuel au cabinet ? Mon cher Pierre-Paul, tes jeunes collègues et toi, si vous voulez faire un putsch, vous aurez affaire à nous. Ce bureau a une histoire, un passé glorieux qui suscitent l'admiration de la profession. Si votre critère de valeur se résume à l'argent, allez vous faire voir ailleurs ! Tu vois cet épais tas de feuilles ? C'est un dossier à terminer. Alors, je n'ai rien à ajouter. »

Tous les juristes en herbe ne sont heureusement pas des chasseurs d'argent mais il existe un fossé éthique et générationnel dont Pierre-Paul est un exemple aussi brutal qu'inculte.

*

* *

Éléonore s'est enfin manifestée.

« Tout bien réfléchi, maman, je crois que notre dîner serait mieux dimanche soir. Samedi je préfère réserver ma soirée au cas où une occasion de voir mes copains se présenterait. »

Sympathique.

« Très bien, ma chérie : à quelle heure m'attends-tu ?

— Oh ! Tôt. Dix-sept heures trente, c'est bon pour toi ? On veut visionner un film après le repas. Tu pourras partir de bonne heure. Je suppose que ça t'arrange.

— T'as tout compris, mon amour. C'est parfait. »

Décidément, ma fille est irrécupérable. Tant que je vivrai, Éléonore m'épuisera, me rudoiera et m'aimera à sa manière – maladroite et acide. Mon erreur fut sans doute de vouloir perpétuer son éducation (à l'évidence défiante à mon égard) jusqu'à ce qu'elle atteigne trente-cinq ans. Quant à mes amies, elles la voient sous un autre jour : elles la trouvent charmante, vive, avenante et toujours prête à conseiller celles qui n'ont pas de psy.

*

*   *

Deux jours après l'échange, viril diraient mes collègues, avec le Pierre-Paul machine à fric, il a remis sa démission. Sans avoir entraîné les quatorze autres avocats prétendument dans son sillage, dont on ne connaîtra jamais ni le nombre ni les noms.

Ça m'a fait un velours de remporter une victoire sur l'un des jeunes étalons amnésiques du cabinet, ces prétentieux qui sévissent dans notre monde avec comme seul but de ranger au placard les valeurs « non payantes ». Ce qui inclut la connaissance, qu'ils jugent inutile, mais à propos de laquelle le philosophe Jean-François Revel a écrit un livre lumineux qu'évidemment ils ne liront jamais. Brutaux et incultes, j'insiste.

*

*   *

Claudine est revenue de Floride reposée, mais à peine soulagée depuis la frousse ressentie à cause de son sein. « Parfois, en plein milieu d'un cours, l'angoisse remonte comme un flash-back de cinéma », me confie-t-elle.

Elle a rencontré, par hasard, durant son séjour, un confrère perdu de vue mais dont le charme attirant demeure. Je voulais déjeuner avec elle mais elle avait justement rendez-vous avec lui. « Je sais qu'il est libre actuellement », m'a-t-elle rassurée, tant ses dernières conquêtes s'étaient révélées décevantes. Notamment cet homme marié pas foutu de verrouiller son portable et dont l'épouse, découvrant le nombre d'appels anormalement élevé venus d'un seul numéro, a composé ce dernier à l'aveugle pour tomber évidemment sur Claudine. Laquelle s'est dévoilée, apercevant le nom de son amant de fin d'après-midi, les soirs étant réservés aux officielles et à la famille. « Je me consume et t'attends », a-t-elle d'emblée susurré, hélas à l'oreille d'une épouse qui a compris sur-le-champ et lui a ordonné de s'identifier. Jamais prise au dépourvu, Claudine, la littéraire, a spontanément sorti : « Madame de Merteuil » puis raccroché. Quelques heures plus tard, son confrère, bouleversé et dépité, l'a rejointe. En rugissant : « T'es folle ou quoi ? Ma femme m'a demandé où habitait cette Française. Elle m'a juré qu'elle irait la rencontrer. – Comment, elle ignore qui est Madame de Merteuil ? Tu ne lui as jamais fait lire *Les Liaisons dangereuses* ? – Non, je me suis toujours tenu loin des profs de littérature. J'ai ma leçon, avec toi. »

« Quel imbécile ! n'avais-je pu m'empêcher de dire.

— C'est un goujat, avait enchaîné Claudine, et un crypto-macho qui parfois fait acte de militantisme féministe la main sur le cœur. Mais au lit, quel as des caresses bien ciblées. Je ne regrette rien mais au prochain, je donnerai uniquement mon courriel.

— Tu ne lâches jamais, Claudine, que j'avais souri.

— Eh non ! Je sais trop que mon charme diminue en vieillissant. Pour ne pas mentionner la maladie qui nous guette à chaque seconde. Quant à toi, Agnès, j'ai rarement côtoyé une enragée de vivre de ton genre. »

Touchée, je l'ai invitée au dîner inaugural de ma nouvelle vie amoureuse. Où je souhaite que toutes soient présentes.

« Comment imagines-tu qu'une seule d'entre nous refuserait de connaître celui qui est parvenu à te désarmer ? »

Elle a raison. Charles a compris, m'a comprise. Il est très doué. Face à lui, j'oublie mes réflexes de défense. Ce dont je devrais m'inquiéter mais, au contraire, cela me rassure. Ce soir, je dormirai chez lui, à sa demande. Et je ne m'ennuierai pas de mon propre lit.

*

* *

Courriel de Jeanne reçu de Curaçao. Elle est découragée. « J'ai choisi la mauvaise excursion. Sur le bateau, je suis entourée de p'tits vieux et d'une trentaine d'Américains membres d'une Église évangélique en retraite. J'ai l'impression d'être dans une église doublée d'une maison du troisième âge. J'ai confirmé la croisière en Alaska. Ça me régénérera. Les vieux y seront moins nombreux car plus frileux. »

C'est oublier qu'elle ne rajeunira pas et que les croisières finissent par lasser.

« Tu devrais chercher un homme pour accoster, lui ai-je écrit en réponse. Pas de forfait à payer et moins de bouffe pour grossir. L'amour fait maigrir. » Et j'ai signé : « Ton Agnès amoureuse amaigrie. »

Elle était devant son ordi, car deux secondes après mon téléphone a sonné. « T'es sérieuse ? Je le connais ? J'arrive dans six jours, tu peux me le présenter ? » Impossible de placer un mot dans un tel déferlement. Heureusement, lorsqu'elle a repris son souffle, j'ai pu glisser :

« J'organise un dîner dès ton retour. Toutes les amies seront présentes, seules ou en couple.

— Mais t'es la seule en couple.

— Non, le mari de Leila sera présent aussi.

— Chaque fois que je la rencontre, je ne le reconnais pas et lui non plus.

— Parce qu'on perd un peu la mémoire, ai-je dit.

— Moi aussi, faut croire. »

J'ai alors entendu retentir les sirènes du bateau.

« Encore trois nuits à bord, je fais le décompte », a conclu une Jeanne qui devra bientôt trouver un autre passe-temps, car les croisières l'étiolent.

*

* *

À dix-sept heures trente pile, j'ai sonné chez ma fille. Elle est venue m'ouvrir elle-même. Tout sourire. Un bon signe. Je visite rarement Éléonore, réticente à me rendre chez elle tant elle m'a habituée à des intérieurs tellement foutoirs que je préfère ignorer sa désorganisation coutumière, pagaille qu'elle prétend être un sens de l'ordre simplement différent du mien. J'ai donc traversé le corridor en osant à peine jeter un coup d'œil à droite et à gauche.

En pénétrant dans la salle à manger, je n'en crus pas mes yeux : rien ne détonnait. La table était dressée à la perfection, les petits plats mis dans les grands, des verres à vin de qualité posés comme il faut. Il y avait même un petit bouquet de fleurs blanches et jaunes, mes préférées.

« Viens mettre ton manteau dans ma chambre, a-t-elle ordonné. »

Là, pas un livre ne traînait. La parure de lit, bleu et blanc, était coordonnée aux carpettes.

— C'est tellement beau chez vous, me suis-je exclamée.

— Sais-tu, maman, que la dernière fois où tu as mis les pieds ici, ça fait près d'un an ? Je ne t'invitais pas, car j'attendais d'avoir trouvé des meubles vraiment à mon goût. Ça te plaît bien ?

Elle rayonnait, et son Léo aussi, qui semblait me dire : « Vous voyez Agnès, votre fille ne désire que vous impressionner. »

Nous avons pris le champagne au salon. Éléonore m'a servi les pailles au fromage feuilletées que j'adore, qu'elle s'était procurées dans la seule pâtisserie qui les réussit à la perfection, pourtant située à l'autre bout de la ville. Le saumon mi-cuit et nappé de sauce au citron fondait dans la bouche. Léo assurait le service, ce qui nous permettait de causer sans interruption.

Éléonore m'a ainsi annoncé qu'elle avait l'intention d'écrire un ouvrage sur la psychologie du couple et expliqué de long en large son approche originale. Sans fusion, elle assure que le couple a moins de chances de durer. « Léo et moi sommes fusionnels. Cela va te sembler paradoxal mais c'est la seule façon d'être vraiment libre. » Je l'ai écoutée et, contrairement à mon habitude, je ne l'ai ni contredite, ni n'ai mis en doute ses hypothèses. Et si elle avait raison ? En fusion avec Charles, quel merveilleux avenir m'attend !

Après le dessert, vers dix-neuf heures quarante-cinq, j'ai déclaré :

« Je vais vous quitter.

— Non non maman, reste, s'il te plaît. »

Léo s'est penché sur ma chérie, a effleuré son front et a dit :

« Va au salon avec ta mère. Je m'occupe de la vaisselle. »

Je me suis assise dans un canapé de plume d'oie et elle s'est approchée doucement.

« Maman, veux-tu toucher mon ventre ? »

Pour entendre cette seule phrase, je l'aurais mise au monde ! C'était un moment tellement beau que j'ai eu peur de le gâcher avec l'annonce de l'entrée dans ma vie de Charles. Les réactions d'Éléonore sont si imprévisibles…

*

* *

« Il serait peut-être temps que nous partions quelques jours seuls », m'a suggéré Charles un moment plus tard. Cette proposition, je l'attendais, l'espérais et la redoutais tout à la fois car dès que mes horaires doivent être remis en question, tout devient compliqué. Un sentiment irrationnel s'empare de moi. Bien sûr, mon agenda ne peut être détricoté en criant ciseaux, mais chacun en faisant un effort y parvient – pourquoi pas moi ? Parce que j'ai un lien affectif avec mon métier, parce qu'il a été la seule permanence de ma vie. J'ai connu des ruptures en amour et amitié – dans ce dernier cas, la peine peut être intolérable ; j'ai déménagé à plusieurs reprises, parfois à cause de l'éclatement du couple que je formais ; « changement d'homme, changement de décor », telle est la devise de Pauline. Mais bousculer mes plannings, c'est terrifiant.

Je dois avouer que j'ai quelquefois fait entrer un homme dans la maison que j'avais partagée avec un autre mais, à chaque rupture d'une vraie vie commune (il me faut plus d'une main pour les compter), dans les vingt-quatre heures suivant la séparation je me précipitais chez un marchand de meubles pour acheter un nouveau lit, incapable de refaire l'amour sur le matelas et dans les draps ayant connu le précédent. Certaines de mes amies peu fortunées ont été ravies de recevoir un matelas haut de gamme avec draps Pratesi ou Porthault !

J'ai même donné un canapé Knoll presque neuf car, sur un coup de tête, j'avais invité l'objet de ma flamme (qui a vite vacillé) à s'installer chez moi alors que le monsieur en question s'est révélé être un paresseux indécrottable toujours affalé sur le sofa ! Sa beauté surfaite, son bagout limité – il a vite eu tendance à se répéter –, son vague statut de consultant le faisant travailler sur appel, il avait transformé le Knoll en pseudo-bureau, et je l'y voyais installé le matin et l'y retrouvais étendu le soir. Tel un chat angora, il ronronnait, laissait ses cheveux, qu'il perdait en abondance, sur les coussins, bref avait squatté ce canapé !

Avant qu'il ne devienne chauve, je lui ai donné son congé mais, hélas, la vue de ce chef-d'œuvre du design m'était devenue insupportable. Je le lui ai cédé comme sorte de cadeau d'adieu, lui constamment en attente de chèques qui ne rentraient jamais. J'ai estimé qu'en tant que militante de l'égalité des sexes je pouvais confirmer son statut d'homme entretenu et lui accorder une prime de séparation !

Chapitre 14

Le dîner approche.

J'ai fait appel à un traiteur libanais réputé, sauf pour les tartes aux pommes, au sirop d'érable et aux raisins secs et noix de Grenoble, recettes qui me viennent de ma mère, dont les talents culinaires surpassaient largement son instinct bien peu maternel. Ce qui explique sans doute que j'aie tendance à réagir négativement face aux gens froids, insensibles et distants. J'ai eu une « mère frigidaire », pour reprendre l'expression du psychologue Bruno Bettelheim dont j'ai dévoré les ouvrages avant d'entamer une thérapie analytique dès l'âge de vingt-trois ans. Bref, ce sont les seuls desserts que j'ai appris à cuisiner, unique héritage réconfortant qu'elle m'ait laissé !

*

* *

Ce dîner, Charles a cru bon le qualifier de « fiançailles ». « Ça fait vieux jeu », m'a balancé Pauline. Une réaction de dépit, elle dont le hockeyeur n'arrive toujours pas à « lancer dans le filet », selon sa propre expression. Pour se fiancer, il faut pouvoir compter des buts, ai-je pensé, m'abstenant toutefois, par charité chrétienne et fidèle à mon éducation à l'eau bénite, de le lui lancer au visage.

En tout cas, tous les amis sont excités. Sean se fait accompagner de son ex-copain qu'on apprécie toutes. « J'en suis rendu là, m'a-t-il dit. C'est confortable, un brin nostalgique, affectueux, sans surprise ni risque. » Qui sait si, dans l'avenir, le recyclage amoureux ne prendra pas le pas sur le magasinage virtuel de partenaires ?

Quant à Estelle, elle se remet mieux qu'elle ne le prétend mais sauver la face fait partie de sa stratégie personnelle. D'autant qu'un nouveau sujet de vindicte lui occupe l'esprit : elle trouve déplacée une relation amoureuse entre l'un de ses copains, grand-père de soixante-neuf ans, et une quasi-ado de vingt-deux ! C'est oublier un peu vite qu'elle s'affichait avec une petite drôlesse à voile et à vapeur attirée par le portefeuille bien garni d'une dame angoissée de vieillir, de grossir et pour qui la solitude constitue la onzième plaie d'Égypte.

Claudine, elle, souhaitait se faire accompagner par un gentil ex-perdu de vue, mais qu'elle souhaiterait revoir pour câlins et plus, comme disent les annonces : « J'aurai le prétexte de ton dîner pour l'inviter », m'avoua-t-elle. Mais, ayant décrété que les acteurs des histoires passagères de mes amis, hommes ou femmes, n'étaient pas les bienvenus – peu importent les qualités de ces derniers –, elle a obtempéré.

Ce dîner a valeur de symbole, il concrétise un tournant dans ma vie ; je souhaite donc pouvoir parler à cœur ouvert du bonheur qui m'habite. Or j'ai le souvenir d'un moment qui m'a traumatisée : lors d'un de nos dîners entre amies, Marie était un soir venue avec une copine en peine d'amour, spécialiste du merveilleux monde des communications. Âgée d'environ quarante ans, joyeuse, légèrement obséquieuse, s'enthousiasmant de tout et de rien, l'Élizabeth en question, à notre insu, a en fait passé la soirée à expédier sur Facebook des photos qu'elle prenait sans qu'on ne s'en formalise, mais qui se sont avérées plutôt gênantes pour certaines d'entre nous qui levions un peu trop le coude. Elle avait en outre résumé les conversations d'une manière à la limite de la décence, dévoilant des paroles réservées exclusivement aux intimes. « C'est un viol de domicile », avait par la suite affirmé la pauvre Jeanne, que l'intruse avait identifiée en indiquant son statut. Madame la juge a d'ailleurs failli faire une syncope lorsque, le lendemain de cette soirée pénible, sa belle-sœur lui a fait parvenir par courriel le passage du texte la concernant ainsi que quelques photos où elle manquait de décorum. Et pour cause : Jeanne avait revêtu un costume de Bunny Girl avec oreilles verticales sur la tête et boule de fourrure dans le c… À la suite de l'incident, je m'étais juré de refuser, à l'avenir, la présence de tout étranger à nos banquets amicaux.

Quant à Jeanne, hors des paquebots, elle circule dans le monde sans homme. Mais elle vient d'acquérir un chien – « pour se distraire », assure-t-elle, entre ses voyages.

« Justement, lui ai-je fait remarquer, que feras-tu de Pitou lors de tes absences ?

— Ne ridiculise pas mon Mylord », nom dont elle a affublé son spitz nain blanc, qu'on appelle aussi Boule d'amour. Une boule légère de trois kilos et dix-huit centimètres, ce qui a fait dire à Pauline que Mylord pèse le poids de ses deux seins, convoités par tant d'hommes au cours de sa vie. Jeanne est celle de mes amies qui, physiquement, n'annonce pas l'originale quasi déjantée qu'elle est sous sa toge. Elle a choisi un chien mâle.

« Pas question de vivre avec une femelle à mon âge », m'a-t-elle dit, ajoutant qu'elle l'a baptisé Mylord dans l'espoir qu'en appelant un jour son chien dans la rue, un Anglais extravagant et racé se pointe !

*

* *

Comme il connaît seulement Leila et son mari Georges, Charles a manifesté quelque nervosité avant l'arrivée des invités. Lui si à l'aise, si naturellement séduisant, éprouve le sentiment d'être soumis à un examen de passage devant le plus redoutable des tribunaux, seul homme face à mes inconditionnelles alliées.

Personnellement, je suis on ne peut plus détendue, convaincue qu'aucune d'entre mes chéries ne pourra lui résister, Estelle comprise. Quant à Sean, il va adorer sa beauté, son élégance et son mystère à saveur exotique.

*

* *

Tous les convives sont arrivés en même temps, ce qui a donné lieu à des échanges joyeux. Ensuite, la Veuve Clicquot a permis d'accélérer l'enthousiasme général.

Le mari de Leila avait peine à suivre les conversations entrecroisées. Il est probablement sourd malgré son appareillage auditif, mais Pauline, qu'il n'a pas reconnue, m'a glissé entre deux portes son diagnostic : « C'est triste pour Leila, mais son mari me rappelle mon père dans la phase première d'Alzheimer. »

L'ancien as du hockey, Kevin, aurait préféré, à l'évidence, être entouré de sportifs. Il enfilait les coupes de champagne à la recherche d'un effet qui, on le voyait, tardait à venir. Pauline se montrait indifférente à son malaise. Elle circulait comme à l'habitude entre la cuisine – où elle donnait des ordres aux serveurs que j'avais prévenus de sa manie – et le salon. Immanquablement, à un moment, elle s'est dirigée vers la salle à manger pour jeter un coup d'œil aux cartons disposés devant chaque couvert.

« Ah non, Pauline, ai-je lancé avec une pointe d'agressivité. Tu ne touches pas à mon plan de table.

— Tu ne peux pas m'obliger à m'asseoir aux côtés du mari de Leila, a-t-elle rétorqué.

— C'est fait et si tu n'es pas satisfaite, tu converses avec Sean à ta gauche. À la limite, tu peux aussi partir maintenant. »

Elle m'a regardée, stupéfaite.

« Pourquoi grimpes-tu aux rideaux ? Avec le jackpot d'homme que tu viens de toucher, il me semble que moi je serais perpétuellement euphorique. T'as observé Kevin : je sais pertinemment que ça ne peut pas marcher avec lui. Penses-tu que j'suis pas écœurée à force de me raconter des histoires de faux coups de foudre ? Depuis plus d'un an, seuls les vieux radoteux qui vont aux toilettes toutes les quinze minutes me courtisent ! »

Je me suis radoucie, car rien n'est plus triste qu'une belle femme lucide… et vieillissante.

« Excuse-moi. Allons au salon », ai-je dit en déposant un baiser sur ses joues tremblantes et pourtant liftées.

*

* *

Alors que tout le monde discutait dans le salon, à un moment Charles s'est éclairci la voix pour porter un toast.

« J'ai le trac de m'exprimer devant tant de femmes remarquables, a-t-il débuté. Mais un homme doit choisir. Et je suis assuré que vous comprenez qu'Agnès est celle qui adoucit ma vie et lui apporte le grain de folie capable de l'illuminer. Alors : À ma fiancée ! »

Tout le monde s'apprêtait à boire quand il a ajouté :

« Un instant. »

Après avoir ouvert le tiroir de la console où il avait dissimulé une petite boîte, il a saisi celle-ci et s'est approché de moi sans mot dire. J'ai, évidemment, tout deviné.

De l'écrin, Charles a retiré une bague en or blanc sertie d'un saphir Padparadscha dont la teinte rose violacé est la plus rare et la plus recherchée sur terre. Connaissant ce saphir exceptionnel, sa pureté, sa valeur et son symbole, je me suis mise à pleurer sans retenir mes émotions, une habitude chez moi. Charles a entouré mes épaules de son bras, souriant aux anges, fier de son effet. À leur tour, mes amies n'ont pas tardé à pleurer ; de joie pour moi, peut-être aussi de peine pour elles.

« Le temps nous est tous compté, a repris Charles. Agnès m'offre un cadeau que je n'ai pas mérité. Alors à l'amour. À l'amitié. À la joie de vivre d'Agnès, qui ne serait pas si contagieuse sans votre présence auprès d'elle. »

De mon côté, j'éprouvais une impression d'irréel. Tout avait été si rapide depuis notre première nuit. Pourtant, rien ne m'effrayait, aucun tracas ne transformerait ce moment de grâce pure. Leila semblait incrédule du spectacle, mais pleurait à chaudes larmes. Lorsqu'elle s'est approchée de moi, elle m'a dit :

« Tu es ma sœur désormais. Mon intuition ne m'a pas trompée. D'une certaine manière, je t'ai choisie pour Charles, le cousin le plus cher à mon cœur. Sans son aide, tu sais, je n'aurais jamais pu refaire ma vie ici. Charles et toi êtes l'incarnation du couple dont je rêvais pour moi, jeune fille. »

D'un coup, le doute né dans mon esprit suspicieux s'est évanoui. Je n'avais jamais eu de sœur ; ma famille s'était effilochée au fil des ans ; j'avais été incapable de mettre Éléonore au courant de ma relation amoureuse avec Charles lors de notre dîner chez elle ; mais le bonheur m'ouvrait les bras. Demain, j'irai présenter ma fille au dernier homme de ma vie.

*

* *

Je serais malvenue d'avoir le bonheur compliqué, moi qui fréquente et suis dorénavant fiancée à un homme dont la famille, depuis des siècles, circule à travers le Moyen-Orient au gré des conflits obligeant les chrétiens à se défendre et à se déplacer sur les terres où ils s'enracinent et se déracinent sans cesse. Mes ancêtres, venus de la mère patrie, ont débarqué en Nouvelle-France il y a trois siècles et se sont installés sur un territoire immense et vide où ils ont fait résonner et rayonner le français. Ils se sont échinés à bâtir le pays. Un pays où le froid brûle, un pays de vastitude, d'isolement culturel et de survivance. Un pays où l'on a tendance à nier le tragique de la vie. « Y a rien là » est la phrase la plus prononcée en toutes circonstances. Or j'ai échappé à ce fatalisme du déni. Mes amies, à l'exception de Marie, l'imprévisible Marie, me ressemblent. Nos exaltations, notre obsession du rire, notre urgence de vivre sont à l'image de ces cathédrales que sont les immenses barrages hydro-électriques contrôlant la puissance du flux des rivières produisant l'électricité. « T'es forte d'avoir séduit Charles », m'a d'ailleurs déclaré Jeanne en quittant les lieux, à la fin de la soirée. « On est toutes des lumières. Ça explique la force de notre amitié. On va mourir en plein jour, pas la nuit dans notre sommeil sans s'en rendre compte comme le rêvent tant de gens », ai-je répondu en la quittant. Avant d'ajouter : « Un homme t'attend peut-être toi aussi. »

*

* *

Une fois au lit, épuisés tous les deux, Charles et moi nous sommes regardés et avons éclaté de rire.

« L'amour, la nuit, c'est pour les jeunes ou les couples infidèles », ai-je dit sans véritable conviction. Charles a mis sa main sur mon ventre, comme je l'avais fait avec Éléonore, et a répondu :

« Es-tu sûre d'être trop épuisée ? »

À vrai dire, j'en doutais.

Quelques caresses plus tard, je ne doutais plus de rien. Sauf que je n'aurais jamais d'enfant avec lui. Et il s'agissait de mon seul regret.

*

* *

« Éléonore, as-tu une heure de libre ? ai-je texté à ma fille. – Oui », a-t-elle répondu sur-le-champ.

Nous nous sommes retrouvées près de son bureau, ce qui m'embêtait mais je n'allais pas exiger qu'elle se déplace. Curieuse de nature, je savais qu'elle arriverait pile à l'heure.

Sa beauté est transformée par la grossesse. Ses traits sont moins anguleux et ses yeux boostés aux hormones l'illuminent.

« Je voulais t'annoncer une nouvelle lorsque j'ai dîné chez vous l'autre soir, mais je n'ai pas osé », ai-je déclaré d'emblée.

Ma fille s'est immédiatement rembrunie.

« Y a quelque chose qui ne va pas ? Maman, t'es malade ?

— Non, non. Au contraire ma chérie. En fait, j'ai rencontré un homme dont je n'aurais même pas imaginé qu'il existe et nous sommes amoureux. Regarde. » Et j'ai mis sous son nez ma main droite ornée du magnifique saphir à l'annulaire.

« Oh ! s'est exclamée Éléonore. C'est un prince qui t'a offert cette bague ? »

Devant son enthousiasme (non feint), j'ai oublié qu'elle était ma fille pour une fois et lui ai demandé :

« Tu veux que je te raconte un conte de fées ? »

Elle m'a pris les mains, les a baisées doucement en effleurant ma bague et a dit :

« Tu racontes l'essentiel mais tu gardes les détails pour toi. »

Comme si elle ignorait la retenue et la pudeur qui m'habitaient ! À tout âge, les enfants refusent de connaître la vie sexuelle de leurs parents. Pauline prétend même que, jusqu'à l'adolescence, elle croyait sa mère vierge. « Elle t'avait conçue comment alors ? – Par l'opération du Saint-Esprit, comme nous le racontaient les sœurs dont j'ai toujours cru les niaiseries. »

Contre toute attente, Éléonore m'a demandé de lui présenter Charles avant même que je le lui propose.

« Est-ce que je peux prévenir papa ? » a-t-elle ajouté.

Ne m'attendant pas à pareille question, je lui ai laissé l'initiative d'informer ou non son père. J'ai pris conscience soudain qu'à part sa fille, je n'avais plus rien en commun avec lui. Et ça m'a fait tout drôle.

*

* *

Ayant enfin décrit à Jeanne ma visite à Marie, elle souhaite que nous nous y rendions toutes les deux.

« Elle nous a tellement diverties. Ses histoires de sexe avec des jeunes qui se terminaient en cul-de-sac, c'est le cas de le dire, sa vie qui lui a pas fait de cadeau mais à laquelle elle s'accrochait avec désespoir et la faille qui a fini par s'ouvrir en emportant le meilleur d'elle-même, on connaît tout.

Après un parcours si tragique, on ne peut pas l'abandonner. »

J'ai donc repris contact avec son psychiatre mais, hélas, ce dernier estime qu'elle ne se porte pas assez bien pour recevoir notre visite.

« Votre amie est un cas complexe qui nous pose un défi professionnel », a-t-il avoué avant d'assurer qu'il me rappellerait s'il jugeait que notre venue pouvait être bénéfique pour sa patiente.

*

* *

Éléonore s'est fait une beauté pour rencontrer Charles. J'ai choisi un restaurant pour cette occasion, terrain neutre qui me semblait moins formel qu'un dîner à la maison. Eh bien, mon fiancé est vite tombé sous le charme de ma fille. Celle-ci n'a pas eu à faire un grand effort, puisque Charles aime l'opéra, dont Éléonore et Léo sont des connaisseurs : ils se rendent au Met à New York trois fois par an. Je suis d'autant plus au courant qu'avant qu'ils ne gagnent convenablement leur vie, c'est moi qui les finançais ! Les trois étant comme larrons en foire, je me suis volontairement retirée de la conversation. L'opéra m'a toujours attirée, j'ai même emmené Éléonore, âgée de six ans, assister à une représentation de *L'Enfant et les Sortilèges* de Ravel, à Vienne – avant qu'elle devienne sédentaire à cause de la phobie de Léo pour les avions, j'avais transformé ma fille en pigeonne voyageuse –, mais là, mieux valait que leur complicité naisse sans que je m'en mêle.

Alors je les ai observés. Surtout Charles et Éléonore, et j'ai songé qu'il y a deux mois à peine, je n'aurais jamais, même dans mon imagination la plus délirante, théâtralisé ma vie de la sorte. À l'évidence, ma fille avait des atomes crochus avec son futur beau-père. Elle ignorait évidemment que Charles se révélait l'amoureux le plus transi, le plus affirmé et le plus rassurant qu'une femme puisse trouver. Devant ceux que j'aime, peu nombreux, je l'admets, je sais m'effacer et j'y prends plaisir. Ce repas scellait la relation entre les deux personnes les plus chères à mon cœur. J'ai même pensé que j'allais un jour payer pour ce trop-plein de bonheur. Je me suis mise à rire.

« Qu'est-ce qui se passe, maman ?

— Tout et rien, ma petite chérie.

— Ta mère, parfois, me confond. Il faudra que tu m'expliques comment l'analyser, Éléonore.

— Si vous l'analysez, vous l'aimerez moins. Moi, je n'essaie pas. C'est pour ça que j'en suis folle.

— Je songe à épouser ta mère, a alors déclaré Charles. Tu consens à me donner sa main ?

— Les deux si vous n'y voyez pas d'inconvénients. »

Charles s'est levé d'un bond pour embrasser Éléonore. Dans l'état d'esprit qui m'habite, ce mariage, mon second, sera aussi le dernier de ma vie.

Chapitre 15

Désormais, Leila me considère de sa famille. Mais Charles se réserve le privilège de lui annoncer nos noces éventuelles. S'il ne tenait qu'à lui, on passerait devant Dieu et les hommes rapidement. Or il existe un obstacle majeur à son rêve : déjà mariée à l'église dans mon ancienne vie, je suis écartée du sacrement du mariage. Charles est si déçu qu'en bonne avocate j'ai décidé de demander l'annulation à Rome de l'union contractée durant ma jeunesse quelque peu chaotique. J'avoue que mon attirance naturelle pour les rites et la liturgie explique aussi cette démarche audacieuse. Pour lui, rien ne m'arrête.

Sans mettre Charles au courant, j'ai communiqué avec les autorités religieuses et j'ai été reçue avec bienveillance par un confrère prêtre, docteur en droit canon, qui, à mon grand étonnement, m'a laissé quelque espoir. Cet avocat de l'Église m'a expliqué qu'il sera porté jugement après une enquête à laquelle des amies m'ayant connue à l'époque devront témoigner. Les juges prendront en compte le degré de libre arbitre que je possédais à vingt ans, au moment où j'avais dit oui. Or, c'était avant que j'entreprenne la thérapie analytique qui a duré cinq ans et qui m'a conduite à la rupture de cette union juvénile. Mon confrère a semblé accorder de l'importance à cet épisode spontanément raconté.

Je n'arrive pas à croire que je réussirai à ébranler le tribunal ecclésiastique mais j'ai quand même fait remarquer à cet expert en droit canon que, de nos jours, les candidats au mariage religieux ne se bousculaient plus aux portes des paroisses et que les dignes juges qui décideront de mon sort devraient, je n'ai pas dit se réjouir – je serais passée pour une féministe radicale arrogante –, mais faciliter, en puisant dans la loi ecclésiastique, les démarches éprouvantes entreprises par des personnes sérieuses et sincères. Dommage que je ne puisse plaider ma cause moi-même et m'en remettre au tribunal religieux, je crois que je saurais les convaincre. J'ai donc collaboré avec empressement à l'élaboration de mon dossier… qui me semble mince – en toute franchise.

Il est vrai qu'à l'époque on se mariait pour coucher avec son amoureux. C'était la seule raison valable de quitter le foyer familial et, dans mon cas, je n'y voyais que des avantages. S'embrasser des heures sur la banquette arrière d'un vieux tacot finissait par être exténuant, déprimant même lorsque le chéri, incapable de se retenir plus longtemps, laissait échapper sa semence dans son pantalon gris pâle et que moi je restais avec mes frustrations ! Car aucun garçon n'a réussi, en ce temps-là, à me convaincre de lui céder la seule chose qui m'appartenait en propre : un hymen bien accroché à la paroi, que notre voisine de l'époque, Mme Létourneau, appelait « le corridor féminin », corridor qui menait à « où va l'homme » – elle ignorait le mot « vagin ». Elle parlait aussi des « oiseaux verts » lorsqu'elle ressentait des douleurs au bas-ventre. Avec le recul, je trouve que le vocabulaire de mon enfance fut sexuellement poétique comparé aux descriptions actuelles proches de la pornographie chirurgicale.

*
* *

Sean n'a pas le moral. Il a repris la vie commune avec son ex, ce qui n'annonce aucun matin qui chante. À la manière de tant de femmes, il refuse de vieillir, lui qui a déifié la beauté du corps masculin en n'étant attiré que par des éphèbes sortis tout droit du film de Visconti, *Mort à Venise*, d'après le chef-d'œuvre de Thomas Mann. Son ex, ancien beau par ailleurs, loyal et généreux, le désespère à l'usage.

« Il est devenu tellement casanier qu'en rentrant à la maison, le soir, son premier réflexe est d'enlever ses chaussures et de mettre des pantoufles. Je lui ai dit : "Si en plus t'enlèves ton jean et tu te mets en pyjama, on va avoir un problème de couple." »

J'ai tenté en vain de le calmer, mais il se sent coupable d'avoir accepté de reprendre la vie commune.

« Je suis dans une passe difficile, mais je suis un bon acteur. Tout le monde me croit le gay le plus gai mais je suis triste, Agnès. Et je t'envie. Je rêve de rencontrer mon Charles à moi.

— L'équivalent de Charles serait trop vieux pour toi, lui ai-je fait remarquer.

— T'as mis le doigt sur le bobo. Ce serait hypocrite de ma part de prétendre le contraire. Tu es vraiment une grande amie, Agnès, et si j'étais pas gay, je serais amoureux de toi. En fait, en y pensant bien, je le suis.

— Sean, j'ai une nouvelle pour toi. Je me marie mais ça ne t'empêche pas de continuer de m'aimer. Charles ne sera pas jaloux », ai-je alors lancé pour le distraire de sa morosité.

Sean m'a prise dans ses bras et nous sommes restés longtemps enlacés.

« Quand je suis avec toi, je suis ému et moins stressé. Mais je t'avoue que je souhaiterais bien que ton beau Charles soit un peu jaloux. Ça signifierait qu'il prend la mesure de mon sentiment pour toi. »

Je lui ai souri avec toute la tendresse que je lui porte. Quelle tristesse, ai-je pensé, que tant de gens ignorent les ramifications des passions qui nous unissent les uns aux autres en dehors des lieux communs et des discours convenus.

Dès le lendemain, j'ai reçu un téléphone de l'ex, affolé !

Prenant prétexte d'un contrat, Sean avait quitté leur maison pour filer vers l'Ouest canadien, laissant un mot dans lequel il indiquait juste qu'il voulait prendre du temps pour réfléchir à leur avenir commun. L'ex, dévasté, ne savait à qui s'adresser.

« Comme il parle constamment de vous, je me dis que, peut-être, vous auriez des indices qui me permettraient de savoir où il se trouve et le rejoindre. Tous mes courriels sont restés sans réponse. »

Par pitié pour lui, j'ai promis de communiquer avec Sean. Ce que j'ai fait. La réponse fut rapide : « Chère Agnès. Par amitié, ne dis rien à X. Je suis à Montréal chez un ami (en tout bien tout honneur !). J'étouffe de culpabilité d'avoir accepté que X s'installe de nouveau chez moi. Grâce à toi, moi aussi je rêve de rencontrer le dernier homme de ma vie. Dans quelques jours, j'espère avoir le courage de lui annoncer que j'ai fait une erreur. Je ne veux pas de pardon. Je souhaite simplement qu'il quitte les lieux volontairement. Je suis prêt à le dédommager, car c'est un bon garçon qui ne cherchera pas à m'exploiter. D'où ma culpabilité si grande. Je t'embrasse et je t'aime. Sean. P.-S. : Je prie le ciel que tu ne me juges pas indigne de toi. »

J'ai rappelé l'éconduit et, prenant mon courage à deux mains, je lui ai proposé qu'on se voie. Il m'a remerciée mais a décliné l'invitation. « Je suis pas montrable », a-t-il dit. Il devait être dans un très piteux état. Cela m'a rappelé le jour où Paul m'avait abandonnée pour l'Écossaise. Ma douleur m'empêchait de dormir et si je réussissais à m'assoupir, elle surgissait et me réveillait. Y a-t-il un âge où s'arrêtent les peines d'amour ? Je suis encline à croire qu'elles ne cessent qu'avec la sécheresse du cœur.

*

* *

Éléonore vit une grossesse libératrice. Sous mes yeux je la vois se transformer en mère. Et je suis ravie de savoir qu'elle abandonne les livres pour femmes enceintes et fonctionne de plus en plus à l'instinct. Mieux, de manière surprenante compte tenu de la tension historique entre nous, c'est moi qu'elle consulte plutôt que les ouvrages scientifiques barbants.

« Comment te sentais-tu enceinte de cinq mois ? »

Comme je ne m'en souviens plus, j'invente.

« J'avais tendance à soutenir mon ventre même s'il était encore peu rebondi, lui ai-je répondu.

— Incroyable, maman, je fais les mêmes gestes que toi. Avais-tu des envies particulières ?

— À cinq mois, j'ai eu une fringale de hamburgers. Mais d'un restaurant précis qui s'appelait Di Lallo. Pourquoi ? Je l'ignore. Peut-être avais-je croisé un confrère qui fréquentait cet établissement, très populaire à l'époque. Je me souviens d'avoir traversé la ville en entier car j'ignorais où se situait le resto. J'ai commandé deux hamburgers relish, moutarde, oignons frits, que j'ai dévorés sans leur trouver de qualités exceptionnelles. Mais j'étais rassasiée et si heureuse. Jusqu'à ta naissance, je n'ai plus eu d'autres envies que celle de voir ta frimousse. »

Que nous arrive-t-il donc, à toutes les deux ? J'apprends par de vagues connaissances qu'Éléonore annonce partout, avec une joie quasi enfantine, que je me remarie ! Elle semble impressionnée de voir sa mère tomber amoureuse. Et avec Charles, elle a vite compris qu'elle pourrait aspirer à devenir une fille de substitution, rôle qu'elle joue finement.

*

* *

Et professionnellement ? Mon état amoureux actuel influence mon travail. Certaines causes, fort lucratives mais peu excitantes, me demandent un effort que jamais je n'avais connu. Pour faire court, elles m'ennuient ! Et lorsque je m'ennuie, je m'impatiente. L'un de mes associés, ami depuis nos années de faculté, a résumé mon attitude :

« T'as jamais été aussi resplendissante et en même temps aussi insupportable avec nous. Tu me dirais que t'es en amour que ça ne m'étonnerait pas.

— T'as deviné. Et en plus, je me remarie », ai-je rétorqué froidement, attendant sa réaction. Il m'a regardée, a secoué la tête de gauche à droite et de bas en haut.

« Tu me déculottes », a-t-il lancé en usant du raffinement verbal qui le caractérise.

J'ai failli lui dire : « C'est inutile, tu n'es plus dans la course. »

Le lendemain matin, je suis arrivée au travail en fin de matinée car j'avais dû procéder d'abord devant le tribunal. En entrant dans le bureau, je me suis crue d'un coup dans un salon mortuaire. Partout, il y avait des fleurs. Mes confrères s'étaient donné le mot pour m'étouffer sous les roses et les tulipes, mes variétés préférées. Il y avait même une banderole « VIVE LA MARIÉE ! » et un rigolo macho, je devinais lequel, avait ajouté au feutre dans le bas : « La mariée sera en noir ! »

*

* *

Exit Kevin, des Blackhawks de Chicago. Pauline jure qu'on ne l'y reprendra plus. « Je change à vue d'œil », prétend-elle tandis que je me mords l'intérieur des joues pour ne pas m'esclaffer. D'abord, elle a décidé de « transformer son look ». Ce qui signifie – décodons – qu'elle se fait remonter. La figure, les seins, c'est déjà fait. La culotte de cheval, ce sera la seconde fois. Qui sait, peut-être aussi s'attaquera-t-elle aux bourrelets abdominaux. Bref, elle va déclencher les grands travaux d'Hercule. « J'ai les moyens financiers de prendre ma retraite, mais l'idée me donne de l'herpès. Et pas aux endroits avouables », ne peut-elle s'empêcher de préciser, Pauline ayant l'habitude de n'épargner aucun détail. Tout ça, dans son esprit en régression, afin de ne plus devoir s'accommoder d'hommes qui attirent la pitié, qui connaissent des problèmes érectiles semi-annuels (c'est-à-dire une fois sur deux), et ont besoin de se faire en outre remonter le moral qui baigne dans les talons. Quant à sa fille, elle a quitté le nid douillet familial pour un appartement décrépi où elle gèlera l'hiver et où, croit-elle, elle entrera en osmose avec les pauvres de son quartier en voie de gentrification. Heureusement, maman paie le loyer (peu dispendieux) mais surtout ses vêtements « trash riches » (des jeans à trois cent cinquante dollars, des blousons de cuir à sept cents dollars) et son scooter italien, un Vespa 946, cadeau de séparation du couple mère-fille, rêve de sa chérie au prix de dix mille dollars !

Une aubaine aux yeux de Pauline qui accède, désormais, à une étape de sa vie qu'elle espérait : celle de l'affranchissement maternel. Pour rire, elle me raconte que sa petite a décidé de prendre une « année sabbatique », Pauline ne parvenant pas à faire comprendre à sa fille que ce type d'année de liberté implique d'avoir travaillé intensivement avant. « Tu fais dire n'importe quoi aux mots », lui a dit avec un sacré culot celle qui ignore l'usage du dictionnaire. Pauline n'est pas la reine de la culture, cela s'entend et se voit, mais elle est une bête de somme au travail et sa réussite matérielle spectaculaire en témoigne ! Parfois, les enfants ne méritent pas leurs parents.

Je doute que Pauline, même après une transformation physique radicale, réussisse à décrocher le gros lot masculin. Elle appartient à cette sous-catégorie de femmes qui étouffent les hommes dans la ouate, les écrasent de compliments excessifs, les comblent de cadeaux extravagants et inutiles. Elle se donne avant d'être prise et c'est son drame.

En ce sens, son avenir amoureux est sans doute derrière elle. Car un autre obstacle se pose : femme riche, elle n'est pas attirée par des hommes fortunés. « La plupart de ces millionnaires m'ennuient, dit-elle. Souvent ils sont avares ou craignent d'être des proies pour des femmes comme moi. Ils sont bien niaiseux pourtant quand ils décrochent des jeunettes et les imaginent séduites par leurs services trois pièces déficients, alors qu'elles s'intéressent à leurs paradis fiscaux. »

*

* *

Ma vie se déroule en accéléré et j'avoue que, même avec Charles, il m'arrive d'être distraite ou impatiente. J'en suis rendue à m'inquiéter de la perfection de ce fiancé tombé du ciel. Il plane au-dessus de moi sans que je parvienne à échapper à son contrôle. M'étant toujours méfiée de la perfection et de la pureté, je le voudrais dans certaines circonstances plus agacé, plus préoccupé, dans le doute. Or dès que je suis au lit avec lui, toutes mes craintes disparaissent.

Je suis à l'évidence moins douée pour le bonheur que pour les joies fulgurantes et passagères. Je reconnais qu'il est fou de vivre uniquement dans l'instant en croyant à l'apparition de l'apocalypse la seconde suivante.

Je découvre aussi, depuis l'entrée de Charles dans ma vie, les traumatismes que j'ai causés à Éléonore. Par ce que je suis et non en raison de mes actes. Je suis ébranlée. Quelle force de caractère ces défauts ont exigée de la petite fille qu'elle était ! Comment cette adolescente aurait-elle pu, sans nos affrontements sanglants, s'affirmer et sortir de ma névrose toxique ? Elle me bat sur mon propre terrain. Elle a gagné puisqu'elle m'a résisté. Il faudra bien qu'un jour je parvienne à surmonter ma pudeur abyssale et à lui exprimer l'admiration et la reconnaissance que j'éprouve pour elle. Il sera plus facile, j'en suis sûre, de devenir la meilleure grand-mère du monde pour Paul, prénom dont j'espère secrètement que ma fille changera au dernier moment tant il reste lourd à prononcer pour moi.

Chapitre 16

Ma « nouvelle sœur », Leila, estime que je la délaisse. Je la soupçonne d'espérer prendre la première place dans mon cercle d'amis en raison des liens familiaux qui nous uniront bientôt. J'ai sous-estimé l'esprit clanique des Libanais. Sans doute à cause de l'effilochage de nos propres relations familiales jadis tricotées serrées : notre Marie est coupée de sa famille, Pauline et Claudine entretiennent des rapports distancés avec leurs frères et sœurs depuis la mort de leurs parents, phénomène que l'on observe de plus en plus, comme si la génération qui nous a précédés était la dernière à avoir soigné les réunions familiales. Désormais, l'éclatement des parentés est compensé par les regroupements d'amis. Je suis ainsi plus proche de mes amies insupportables et très chères folles, incluant Sean qui s'en réjouit, que de ma fratrie perdue de vue au fil des ans. Seule Jeanne conserve des liens avec ses deux frères… mais je la soupçonne d'agir avant tout par devoir.

Leila m'offre de préparer une grande fête qui réunirait sa famille élargie. Charles n'y voit pas d'inconvénient mais devine vite mon peu d'enthousiasme. Et il m'a prévenue : « Chacun va vouloir t'inviter dans des dîners où ils agrandiront, par la force des choses, le cercle de leurs connaissances. Je crains que ce trop d'amour ne t'étouffe, ma chérie. Ne crois pas me faire plaisir en répondant aux invitations de toute ma communauté. » C'est donc lui qui va négocier avec sa cousine et éviter qu'elle ne soit froissée de notre refus. J'ai dès lors compris que notre mariage risquait d'être tout sauf discret.

« Combien d'invités prévois-tu ? » ai-je demandé à mon futur. Il m'a regardée, a levé les yeux au ciel et a lancé :

« Entre trois cents et cinq cents. »

J'ai poussé un cri de mort ! Il a éclaté d'un rire si joyeux, si rassurant, que j'ai vite compris qu'il allait freiner Leila dans son enthousiasme et qu'on ne reproduirait pas une version troisième âge et communautariste du mariage de Céline Dion et René Angélil en l'église Notre-Dame à Montréal.

*
* *

Je n'ai pas encore prévenu mon futur époux de la démarche entreprise auprès de l'archevêché. Je sais que les trois amies recommandées ont accepté de raconter quelle jeune fille j'étais à l'époque durant un long entretien avec des docteurs en droit canon, dont une religieuse. Toutes se sont engagées à garder confidentiel ces tête-à-tête. Seule Marie-Paule, l'étudiante en droit avec laquelle je m'étais quelque peu dévergondée, car elle attirait alors les plus coureurs des garçons, m'a téléphoné, incapable de garder pour elle certains propos hilarants. Le prêtre qui lui a soumis le questionnaire lui a, par exemple, demandé à brûle-pourpoint : « Sexuellement, croyez-vous qu'il y avait harmonie dans le couple ? »

« J'étais crampée de rire, m'a-t-elle dit, aussi je lui ai répondu : "Très franchement, monsieur l'abbé, elle ne m'en a jamais parlé. – Ah bon", a-t-il dit, l'air surpris. Et j'ai ajouté : "Pour tout vous dire, j'en ai déduit que si elle ne m'en a pas parlé c'est que ça ne devait pas marcher fort, fort." Il a hoché la tête et a conclu : "Votre intuition devait être la bonne." »

*

* *

Notre semaine de vacances est reportée. Charles et moi avons cependant passé trois jours à New York, où je l'ai accompagné à l'occasion d'une rencontre d'affaires... qu'il est parvenu à écourter après deux heures de discussions concluantes.

Comme il pleuvait à boire debout, nous nous sommes réfugiés dans notre suite du Waldorf-Astoria, l'hôtel qui faisait rêver ma mère et où je l'avais amenée avant son décès alors qu'elle était déjà très malade. Trop malade pour profiter de l'établissement et de New York, car elle était restée confinée dans la suite. Au retour, elle n'avait cessé de parler de son « super voyage » et du room-service qui s'occupait d'elle « comme d'une reine ». Ma mère était portée à rêver sa vie faute de vivre en réalisant ses rêves.

Je n'arrive pas à comprendre quel déclencheur du désir nous consume tous les deux.

« Pourquoi comprendre ? demande mon futur époux.

— Pour continuer d'alimenter le désir en tentant de le débusquer au fond de moi. »

Non seulement mes élucubrations ne l'agacent pas mais je crois qu'elles alimentent et entretiennent sa propre excitation.

« Tu parles pour parler », dit-il alors en caressant mon dos, mine de rien, sachant pertinemment qu'après quelques minutes mon regard va s'embraser, son sourire s'estomper et la gravité de l'étreinte fusionner nos corps.

Je regrette parfois que Charles n'ait pas connu ma silhouette de vingt ans, à mes yeux d'alors si imparfaite mais dont les photos renvoient l'image filiforme d'une femme séduisante aux petits seins provocants, dotée d'une taille que je pouvais entourer entre mes index et deux pouces et de hanches découpées au couteau.

Ces trois jours, nous les avons passés quasiment tout le temps au lit, sauf deux fois pour aller, en fin de journée, assister à une représentation de *La Flûte enchantée*, avec Natalie Dessay, et à une autre de *Nabucco* avec Plácido Domingo au Lincoln Center. Nous avons ensuite soupé longuement, sachant que la nuit serait courte mais fiévreuse.

L'escapade fut déterminante. La preuve, nous avons décidé, à l'initiative de Charles, de nous marier au printemps, sans tambour ni trompette, entourés d'amis intimes, de ceux qu'on peut réveiller en pleine nuit en cas de besoin. En comptant les conjoints, nous sommes arrivés au chiffre de soixante invités, ce qui correspond, quel hasard, à notre nouveau statut de sexagénaires !

Charles se charge de prévenir Leila, histoire qu'elle cesse de rêver de remplir le stade olympique. Une réception de nos deux familles – dans mon cas, ma fille, Léo et mon cercle ; et pour lui ses fils, oncles, tantes et cousins de première génération.

« Encore une fois, nous les Québécois serons minoritaires, ai-je lancé.

— Viens dans mes bras, ma minoritaire majoritairement aimée », a murmuré Charles.

*

* *

« Mme Clermont souhaiterait vous voir. »

J'ai mis deux secondes à comprendre le message : c'était de Marie qu'il s'agissait. J'ai appelé sur-le-champ l'hôpital et une psychiatre m'a, à son tour, rappelée.

« Je suis maintenant rattachée au dossier de Mme Clermont. Elle va beaucoup mieux, a repris des kilos et redevient coquette ! »

Soudain, j'avais un poids en moins sur les épaules.

En fin de journée, pour la seconde fois, je me suis présentée à la clinique psychiatrique. J'avais apporté deux rouges à lèvres, une boîte de chocolats aux cerises et un bouquet du mimosa qu'elle aime tant. J'étais nerveuse et mal à l'aise parce que incapable d'interpréter le sens des mots « elle va beaucoup mieux ». J'ai attendu plusieurs minutes puis entendu résonner des pas dans le corridor.

Marie est alors apparue. Je me suis avancée et nous sommes tombées dans les bras l'une de l'autre. Remplumée, sa figure ayant perdu le masque qui m'avait terrifiée à la première visite, mon amie avait du rouge aux lèvres, des joues moins décharnées recouvertes de blush – mal estompé. Elle portait un jogging bleu à rayures blanches.

« J'ai tellement pensé à toi, me dit-elle d'emblée. Tu es souvent dans mes rêves. J'en parle régulièrement avec ma psy, celle qui t'a contactée. Je l'aime beaucoup, j'ai confiance en elle. »

Elle n'était pas la Marie survoltée d'avant la fêlure où elle avait sombré, mais une femme qui se réhabitait.

« Tu as l'air bien, Marie. Je suis si heureuse de te voir ainsi.

— Tu me dis vraiment la vérité ?

— Bien sûr, comment pourrais-je te mentir ?

— Chacune d'entre vous m'a menti à un moment ou à un autre. »

J'ai frémi intérieurement. Recommençait-elle à délirer ?

« Vous auriez dû me convaincre de consulter. Vous deviez vous rendre compte que je m'enfonçais. »

Désemparée par cette vérité, je n'ai rien laissé paraître.

« Tu as raison Marie... Nous jouons trop, toutes, aux superwomen. J'ai le sentiment que cette fragilité échappe même aux hommes de nos vies, dont la plupart sont fort distraits. Ils surfent sur notre énergie. Qu'en penses-tu ? »

Marie est restée silencieuse un long moment, contrairement à ses habitudes. J'ai mis son mutisme sur le compte des médicaments dont on la gave, mais je peux me tromper. La Marie qui se tenait devant moi n'était plus vraiment celle que j'avais connue.

« Vous n'êtes pas les seules à m'avoir menti. J'ai passé ma vie à me jouer la comédie. Et ça me réussissait. Je me suis laissé bercer par mon succès. J'ai gagné plus d'argent que je ne l'espérais. Personne ne me résistait. J'animais les soirées, je déclenchais les rires et je rentrais gonflée à bloc. J'ai dépassé mes limites en exagérant, en caricaturant et je me convainquais d'avoir plus d'imagination que tout le monde. Je me trouvais fofolle, mais c'est la folie qui m'a rattrapée. D'une certaine manière, je suis une morte-vivante. Et j'ignore si je pourrai jamais me débarrasser de cette foutue camisole chimique. »

Après un tel monologue, que pouvais-je ajouter ?

« Je suis fatiguée, a repris Marie. Mais ta visite me fait du bien. »

Elle m'a remerciée des petits cadeaux apportés et, cette fois, a apprécié les chocolats aux cerises.

« Repose-toi bien, tu es sur la bonne voie », ai-je dit avant de l'embrasser.

Elle a insisté pour que je quitte la salle avant elle.

Cette visite m'ayant épuisée, une fois dans la voiture j'ai composé le numéro de Charles. Pour entendre sa voix. Il n'a pas répondu mais j'ai laissé rouler son message. Cet homme miracle, mon armure contre la chienne de vie.

*

* *

« Votre fille demande que vous la rappeliez. Elle a insisté car c'est urgent. » En entendant ma secrétaire, j'ai failli perdre pied... et me suis précipitée dans mon bureau. Je tremblais, la bouche sèche. À l'évidence, Éléonore avait fait une fausse couche. J'ai dû composer deux fois son numéro, incapable de le réussir du premier coup. Après une sonnerie, on a décroché.

« Maman, maman, le bébé a bougé ! »

J'ai éprouvé la même sensation que si je descendais vingt-cinq étages d'ascenseur en une seconde.

« Tu ne dis rien, maman.

— Je suis trop émue, mon amour.

— T'es heureuse ?

— Plus que tu ne l'imagines. »

Le mot « urgence » n'a vraiment pas le même sens pour Éléonore et moi. Je ne vais pas lui avouer que j'ai cru être victime d'une crise cardiaque, ou d'un AVC, elle dirait que je dramatise.

« J'ai essayé de te rejoindre dix fois sur ton portable. Ne me fais plus jamais ça, maman.

— Je l'avais fermé, excuse-moi.

— Tu veux venir dîner ce soir avec Léo ? Les deux fils de Charles seront là. ai-je demandé.

— Léo, tu es d'accord pour dîner chez ma mère ce soir avec mon futur beau-père et ses fils ? a-t-elle crié à son trop gentil chéri. D'accord, maman. Et tu pourras caresser ton petit-fils et moi par la même occasion. »

*

* *

Charles avait proposé de préparer le repas : « Mon horaire est moins serré que le tien. » Quelle délicatesse ! Depuis que je le connais, j'ai cessé de proférer des généralités sur les machos libanais mais je soupçonne son ex, la Beauceronne, de l'avoir dompté en lui imposant des obligations masculines qu'il ignorait, en lui révélant que le féminisme de notre société de matriarcat psychologique nécessitait chez tout homme sensé des changements de comportement. J'avoue être reconnaissante à ma compatriote, que je n'ai par ailleurs aucune envie de fréquenter, d'avoir réussi pareil exploit.

Élias et Éléonore n'ont pas tardé à s'entendre comme larrons en foire, même si ma fille est plus âgée que ce garçon au charme irrésistible. Quant à Léo, il a passé la soirée à questionner Joseph sur l'import-export, manifestant une passion équivalente à celle qu'il déploierait s'il s'adressait au chef d'une tribu primitive des îles Andaman en Inde. L'épouse de Joseph, Ritta, m'a surprise par sa capacité d'imposer ses idées sans jamais antagoniser l'interlocuteur. Sa souplesse, son charme et son intelligence, qu'elle sait doser en fonction de ceux qui l'entourent, en font certainement une femme d'exception. Je la soupçonne d'avoir des ambitions politiques, qu'elle enveloppe de velours contrairement aux politiciennes connues, trop souvent incapables de maîtriser leur agressivité et usant du statut de victime en cas de dérapage public. Cette Ritta m'impressionne. Je l'imagine plaidant en Cour suprême, elle y ferait un malheur.

Ce fut donc un dîner non pas agité mais gai et intense. Où chacun de nos enfants, excluant Léo le candide, a cherché à impressionner, à séduire, à se comporter comme s'il appartenait déjà à une famille en voie d'expansion. Charles a roucoulé toute la soirée, ce qui présageait une nouvelle montée au ciel. Quant à ma fille, jamais elle n'avait déployé autant de charmes en ma présence.

« Dommage qu'Éléonore n'ait pas connu Joseph avant qu'il ne rencontre Ritta, a murmuré un moment à mon oreille mon Libanais d'amour. Et ça n'est pas une indélicatesse envers ma belle-fille que de dire cela, mais la tienne pétille de vivacité, de repartie et rien n'échappe à son regard pénétrant. »

J'ai éclaté de rire :

« Ma foi, on dirait que tu aurais rêvé d'un mariage à quatre. On aurait pu avoir mille invités et partir en voyage de noces avec nos enfants.

— Pourquoi pas ? a-t-il répondu d'un ton sérieux qu'heureusement il n'a pas pu garder. Avec toi, je rêve de toutes les fusions, mon amour.

— Si tu n'avais pas de nombril, Charles, je croirais que tu n'es pas né sur terre. Que tu es un prototype venu d'un astre lointain.

— Et toi, la femme du subjonctif plus-que-parfait. »

Avant de m'endormir, j'ai raconté à mon fiancé (quel heureux mot) ma rencontre avec Marie. Histoire de revenir sur la terre ingrate de nos douleurs humaines.

*

*   *

Aucune nouvelle de Claudine. Elle n'a contacté personne d'entre nous. Comme l'inquiétude est aussi un attribut de l'amitié, comme il y a de la vérité dans l'expression « Loin des yeux, loin du cœur », une appréhension nous gagne.

Jeanne prétend qu'elle nous en veut de ne plus manifester le même emballement qu'autrefois pour ses flammes aussi soudaines qu'éphémères. Elle a quitté, comme nous toutes, une décennie pour entrer dans une nouvelle, bien rapidement passée selon les témoignages de nos aînés. Sa liberté sexuelle ne s'est pas amoindrie, mais les partenaires potentiels s'éloignent. Un homme de quarante-cinq ans avec une femme de cinquante-cinq, de nos jours, est chose banale compte tenu du mariage gay, des LGBTXYZ et de la tour de Babel sexuelle de la modernité galopante, mais cela n'empêche pas les jugements sur les activités ludiques des sexagénaires avec des hommes dans la force de l'âge (que certaines de ces femmes fixent à trente ans). Et ce n'est pas facile à vivre.

Le désir des femmes de soixante ans est proportionnel à leur âge. Les femmes sont comme le bon vin : elles jouissent aussi sur le tard et avec une impétuosité ascendante. D'où l'angoisse – qu'elles portent en bandoulière parce que mieux vaut afficher un visage reposé grâce à l'acide hyaluronique et le Botox qu'anxieux –, d'où les mots qu'elles utilisent comme des lance-flammes, des pièces pyrotechniques et des calmants destinés à embobiner les hommes prêts à un dernier tour de piste.

Claudine, la lucide, se fait rattraper par l'âge même si elle le cache. Je la soupçonne même de falsifier ses papiers, sauf bien sûr son passeport, ce qui mettrait en péril sa liberté de voyager. Mais ce silence n'a rien de rassurant.

Après plusieurs tentatives pour la joindre et son silence suite à mes courriels, j'ai communiqué avec ses collègues en usant de ma fonction.

« J'ai besoin de joindre d'urgence Claudine Pelland, ai-je lancé avec mon aplomb habituel.

— Oh, m'a répondu la directrice des études, Mme Pelland est en congé maladie. Durant un colloque à Bologne, elle s'est brisé la jambe et on a dû l'hospitaliser d'abord ; elle est maintenant en réhabilitation dans une clinique spécialisée. À Parme, je crois.

— Je vous serais reconnaissante de me donner ses coordonnées.

— Bien sûr, maître. »

Et c'est ainsi que j'ai pu reprendre contact avec mon amie.

« *Pronto* », a dit un homme à la voix de chanteur napolitain. Quelques secondes plus tard, j'avais la handicapée au bout du fil.

« Que se passe-t-il ? On s'inquiète toutes pour toi, ai-je lancé, une flopée de reproches dans la voix.

— Je ne pouvais pas passer à côté de cette histoire.

— Mais as-tu la jambe cassée ?

— Bien sûr que non. J'ai seulement perdu la tête.

— Son nom, son âge ?

— Federico, quarante-deux ans, libre, spécialiste de Dante et de l'amour sans conditions.

— T'es timbrée ! ai-je balbutié.

— Jusqu'à nouvel ordre. Oui.

— Tu vas te mettre dans de beaux draps avec ton excuse de congé maladie.

— Je suis déjà dans des draps Pratesi et je souffre de la maladie d'amour. »

Après avoir raccroché, j'ai mis plusieurs minutes à reprendre mes esprits. Claudine a perdu le nord ? Et pourquoi pas ? On se fait tellement geler dans ce pays.

Chapitre 17

Depuis quelques mois, je facture moins d'heures par semaine. De soixante-dix, je suis tombée à cinquante-cinq. « Charles me coûte de l'argent », ai-je déclaré à Jeanne en blaguant, elle qui assure que nombre de femmes seraient prêtes à se ruiner pour avoir son clone dans leur vie. À l'évidence, je n'ai plus envie de rester au bureau en fin de soirée comme depuis vingt ans. Au début, à cause de la détérioration de mon couple, par la suite en raison de mon incapacité pathologique à me retrouver seule. D'ailleurs, jusqu'à l'instant de me mettre au lit, j'étais au téléphone avec celles de mes amies disponibles et couche-tard, car je ne fermais l'œil qu'après minuit.

Je ne carbure plus à l'ennui. Mes journées et mes nuits sont des feux roulants.

Néanmoins, je ne suis pas dupe. L'ennui, bien tapi au fond de ma tête, resurgirait si des malheurs s'abattaient sur moi, drames auxquels j'ose à peine penser, forte de l'appréhension que j'appelle la « fraction de seconde apocalyptique ».

Cependant, cette énergie supplémentaire – « comme si t'en avais besoin », raille Jeanne – accroît ma concentration et redouble mon efficacité au travail. À l'évidence, dans le passé je facturais trop d'heures. N'étant pas au-dessus des contraintes de la fatigue, je m'accordais donc une sorte de prime de déprime amoureuse. Somnoler sur un dossier en faisant payer le client relève du mauvais goût, je le reconnais.

Au bureau, ma nouvelle vie apporte aussi quelques perturbations. Des avocats plus jeunes, piaffeurs et piaffeuses aux longues dents, me renvoient déjà virtuellement dans ma cuisine, s'alignant d'avance comme de petits soldats en vue d'une promotion verticale. Mes collègues associés se départagent entre les envieux – qui répètent tous les matins en se faisant la barbe devant le miroir : « Qu'elle parte au plus sacrant, la maudite » – et mes vieux amis fidèles, souvent orfèvres du droit qui se tracassent des conséquences de mon éventuel départ. Car je sais faire mordre le client, moi qui suis passionnée de pêche.

À ce propos, il faudra que j'initie Charles à cette activité excitante et contemplative à la fois. Mon futur époux ne semble toutefois pas emballé à la perspective de passer des heures à attendre le poisson dans une chaloupe inconfortable mais insubmersible. Mais une chaloupe inconfortable et insubmersible, n'est-ce pas une sorte de définition de moi ?

*

* *

Jeanne prétend que ma rencontre avec Charles est, pour les autres femmes, un puissant déclencheur d'espoir. « On est toutes dans le wagon de queue, bien conscientes que la rage de vivre, ça n'est pas l'adolescence mais la fin de la cinquantaine ou le début de la soixantaine, professe celle que les croisières laissent désormais sur sa faim. Et je n'ai plus envie de prendre des poses de contorsionniste dignes du Cirque du Soleil pour couvrir les parties défraîchies de mon corps quand je consens à me mettre au lit avec un étranger. »

Si la routine parasite l'amour, elle affadit aussi les étreintes d'un soir ou d'une semaine sur les paquebots. « Je ne veux plus me réveiller aux aurores pour me laver les dents, me gargariser et me parfumer afin que mon flirt puisse me respirer sans pincer le nez, ajoute-t-elle quand on en parle. Les hommes ne pensent pas à ces détails et on les supporte avec leur haleine fade ou vineuse et leur sueur trop virile à mon goût, pourquoi l'inverse serait-il impossible ? »

Pour Jeanne, je retrouve mes réflexes d'ado fleur bleue. Je souhaiterais tellement l'aider, à son insu, à trouver un prince charmant que j'en ai glissé un mot à Charles.

« Tu n'as pas un ami de ton genre à la recherche d'une femme de mon genre. »

Ça l'a fait rire. D'abord, parce qu'il me croit unique, ensuite parce qu'il a du mal à trier ses amis en fonction d'une liaison amoureuse.

« Les hommes sont incapables d'imaginer leurs amis dans leur relation aux femmes », assure Jeanne. Elle a raison. Comment peuvent-ils percevoir les machos ? Pas les brutes et les imbéciles, mais les plus subtils qui s'affichent féministes, tout en s'assurant de gagner davantage que leurs consœurs et fonctionnant à l'hostilité contenue recouverte du voile de l'obséquiosité et de la gentillesse, attitudes mensongères qu'ils adoptent devant leurs supérieures hiérarchiques souvent supérieures en tous points.

La gentillesse constitue une arme à double tranchant. C'est une qualité, mais aussi un mot, un attribut pour décrire une personne qui n'a pas d'autre qualité apparente. Les hommes ont longtemps été attirés par des femmes « gentilles ». Jeanne, grâce à son expérience sur le banc, est convaincue que les épouses trop gentilles sont précisément, au contraire, celles qui ruminent leur vengeance après avoir joué les bobonnes et les admiratrices inconditionnelles de maris coureurs invétérés et invertébrés. « Ce sont les plus redoutables. Des expertes en détroussage. Leurs propres avocates, si elles ne sont pas elles-mêmes prédatrices, sont obligées de calmer leur appétit. » Ma consœur et amie affirme avoir énormément appris, dans son bureau, sur les femmes qui jouent aux victimes : celles qui subissent toutes les violences sont les seules véritables victimes des hommes indignes et brutaux.

*

* *

Durant l'un de nos dîners mémorables, chez notre Marie dont on ne pouvait prédire le terrible destin, nous avions autrefois longuement discouru des hommes. À l'époque, aucune d'entre nous ne pavoisait. Nous étions des pleureuses perpétuelles mais avec notre chère Veuve Clicquot nous pleurions de rire avant de nous retrouver chacune dans un lit *king size* large et froid comme une patinoire de hockey. Je n'avais pas encore établi avec Leila les liens d'amitié qui ont, ensuite, pavé la voie à mon bonheur. Rétrospectivement, je me réjouis qu'elle ait été absente car elle aurait sans doute été tentée d'informer Charles de nos divagations, et lui n'aurait pas apprécié. L'époque a changé, heureusement.

Pauline, comme à son habitude, avait pris l'initiative de ce genre de conversation en revenant sur un événement mondial qui s'était déroulé en 1993 en Virginie. Une certaine Lorena Bobbitt avait coupé deux centimètres du pénis de son mari à l'aide d'un couteau de cuisine, suite au refus de l'époux, masturbateur et violent, de lui procurer un orgasme. Pauline a alors expliqué que cette espèce d'hypercirconcision, et ses répercussions telluriques à travers le monde, mettaient en lumière une seule vérité : les femmes aiment vraiment les hommes, sauf quelques exceptions qui confirment la règle.

« Si nous ne les aimions pas, avait-elle assuré, comment expliquer que ce type d'incident ne soit pas quotidien ?

— Tu veux dire que si les femmes mordaient les hommes, chaque jour dans tous les pays, des morceaux de pénis seraient arrachés à la grandeur de la planète, avait commenté Marie, impressionnée par ce constat.

— C'est exactement ce que je crois. Les hommes s'abandonnent entre nos mains comme des chiots couchés sur le ventre, les quatre pattes en l'air », avait renchéri Claudine.

À la fin du dîner, nous étions toutes d'accord : les femmes avaient la possibilité de déprépucer les hommes mais s'en abstenaient depuis Ève et Adam. Non seulement celle-ci n'a pas mordu Adam, mais elle lui a refilé une pomme transformée en fruit aussi délicieux que défendu.

Depuis cette soirée, nous sommes toutes reconnaissantes envers Pauline ! De nous avoir éclairées avec perspicacité sur notre sentiment réel à l'égard du sexe fort. De quoi nous éviter de lire tous les essais pseudo-savants sur l'amour que l'on porte aux mâles.

*

* *

Charles me presse de fixer la date du mariage.

« Chaque jour, je jette un coup d'œil à mon annulaire nu et je l'imagine entouré d'un fil d'or. Où étais-tu, que je lui ai dit, durant ces années où je me consumais dans le travail, faute de pouvoir me perdre dans tes yeux et mourir de plaisir dans tes bras ? »

J'en arrive même à me surveiller devant les gens, tant j'ai tendance à me référer constamment à lui. « Charles par-ci, Charles par-là », faut faire gaffe. À coup sûr, bientôt j'aurai besoin d'un goûteur avant d'avaler la moindre bouchée : car toutes les femmes, jalouses, voudront m'empoisonner.

*

* *

L'hiver n'est pas la saison du mariage, une robe blanche se confondant aux bancs de neige.

« Que dirais-tu du mois de mai ? Il y aura des feuilles aux arbres et le maire sera heureux de nous accorder ce plaisir.

— Tu penses à tout, ma chérie. »

Je n'ai toujours pas osé l'avertir de ma démarche en annulation. D'autant qu'après réflexion je m'inquiète aussi de la réaction d'Éléonore. Comment justifier à ses yeux une procédure réduisant à néant l'union religieuse dont elle est le fruit le plus précieux ? Qui plus est, j'avais surestimé la déception de Charles : je croyais qu'il tenait à une cérémonie religieuse, ignorant que, chez les chrétiens maronites, le divorce est également interdit. J'avais donc tout faux dans mon emportement. Après de nombreuses hésitations, j'ai rappelé mon confrère en droit canon.

« Le dossier a été pris en considération et j'avais bon espoir, se désola-t-il.

— Je suis confuse, monsieur l'abbé. »

Il a dû me prendre pour une tête de linotte. Mais j'ai renchéri.

« Je voudrais contribuer à l'une de vos œuvres. Je suis sensible à la détérioration du patrimoine religieux.

— Oh ! chère maître, c'est le ciel qui vous envoie. »

J'ai compris d'instinct que mon chèque devrait avoir cinq chiffres. Avec la déduction fiscale, il me restera de quoi acheter à Charles la montre plate de Longines devant laquelle il s'est arrêté longuement récemment. « T'es rouée. Et même pas honteuse, ai-je pensé. Charles est vraiment un pur à côté de toi. À moins que tu ne te trompes complètement sur lui. »

À vrai dire, il y a des moments où j'aimerais remettre le compteur à zéro. Ne plus m'engager dans des chemins de traverse. Comme si, au plus profond de moi, j'agaçais tellement le malheur qu'il allait me sauter dessus.

*

* *

Claudine a débarqué à Montréal avec un plâtre à la jambe droite, complaisance d'un docteur de Parme qu'elle a dû backchicher. Elle se présentera au collège dans cet accoutrement de handicapée et l'un de ses amants – médecin qui, à l'évidence, éprouve quelques sentiments pour elle – la délivrera de son carcan quelques jours plus tard.

Elle a rapporté un certificat médical en bonne et due forme, écrit en italien, cela va de soi, et je mettrais ma main au feu qu'elle a payé en nature ce service. Puis qu'elle récidivera avec l'amant d'ici, si le ventre de ce dernier est encore bien plat.

Car Claudine fait une fixation sur les abdos masculins, ayant passé sa vie avec un père buveur de bière qui avait perdu de vue son sexe lorsque son poids atteignit les cent kilos. Même à l'aide d'un miroir en pied, l'oiseau était devenu invisible. Et de cela, elle ne voulait plus jamais.

*

* *

Charles veut m'offrir un diamant, mais n'ose pas le choisir lui-même. Je lui ai pourtant donné ma bénédiction : un homme qui offre un saphir Padparadscha n'a pas besoin de l'assentiment de celle qui le recevra. « Oui mais le diamant de mariage est plus symbolique », m'a-t-il dit. Pour toute féministe affranchie appréciant les bijoux, existe-t-il plus miraculeux qu'un homme traditionnel dans la vie ?

*

* *

Par tempérament, je ne supporte pas la solitude. Mais, depuis des semaines, je recherche les moments où je peux m'isoler un peu. Car la seule solitude qui vaille est celle qu'on s'offre en ayant la chance qu'un homme habite votre esprit.

Je rêve de silence pour penser à Charles, pour m'attendrir sur mon Éléonore avec laquelle j'ai enfin trouvé la paix. Pour imaginer mon petit-fils, auquel j'ai déjà acheté un tricycle à l'insu de ma fille. Je veux ressentir mon affection pour Marie et rire seule des complicités partagées avec mes amies (et Sean) qui m'empêchent si bien d'être odieuse. Alors, dès que j'ai un moment, je marche seule le long du fleuve qui coule à quelques minutes de mon cabinet. Folle de tous mes amours, je viens d'atterrir dans ma vie heureuse. L'ennui m'a oubliée. Et y penser me fait sourire.

Je veux me marier à l'Ascension. Pour monter au ciel, comme on disait à l'époque jurassique de mon enfance.

Mon portable vibre. C'est Pauline.

« J'organise un dîner pour Halloween. Je vous veux toutes déguisées. Et j'ai dit à Sean de mettre une robe. Toi, Agnès, tu te déguises comment ?

— En éclat de rire, très chère. »

11942

Composition
NORD COMPO

Achevé d'imprimer en Espagne
par CPI BOOKS IBERICA
le 13 février 2018.

1er dépôt légal dans la collection : décembre 2017.
EAN 9782290153956
OTP L21EPLN002301A002

ÉDITIONS J'AI LU
87, quai Panhard-et-Levassor, 75013 Paris

Diffusion France et étranger : Flammarion